L'autre visage de la vérité

Beverley Naidoo est née en 1943 en Afrique du Sud.
« J'ai été élevée dans un des pays les plus ouvertement racistes du monde : l'Afrique du Sud. J'ai été envoyée dans une école réservée aux Blancs. J'étais comme un cheval avec des œillères. Heureusement, quand j'ai quitté l'école, j'ai rencontré des gens qui m'ont aidée à enlever ces œillères... »
Exilée en Angleterre à cause de son engagement politique contre le régime, Beverley Naidoo y publie son premier roman en 1985, *Une journée à Jo'burg*, qui est interdit en Afrique du Sud jusqu'en 1991, date de la libération de Nelson Mandela... Après avoir publié un autre roman et un recueil de nouvelles situés également en Afrique du Sud, elle écrit *L'autre visage de la vérité*, qui raconte l'exil à Londres de deux enfants dont le père est un journaliste nigérian opposé au régime du dictateur Abacha. Elle a reçu pour ce roman le Carnegie Medal, un important prix littéraire anglais.

Beverley Naidoo

L'autre visage de la vérité

Traduit de l'anglais
par Luc Rigoureau
et adapté par Sidonie Van den Dries

Estampille

BAYARD JEUNESSE

En mémoire de Damilola Taylor
et des autres enfants qui,
avec leur famille, tâchent de reconstruire
leur vie en exil.

Illustration de couverture : Nathaëlle Vogel

Ouvrage publié originellement par Penguin Books Ltd
sous le titre : THE OTHER SIDE OF TRUTH

3, rue Bayard, 75008 Paris
ISBN : 2 7470 0622-0
Dépôt légal : juin 2003

Loi 49-956 du 16 juillet 1949 sur les publications destinées à la jeunesse

Les rescapés

Lagos, Nigeria

À l'instant où Chadé glisse son livre d'anglais dans son cartable, elle entend Maman hurler. Deux détonations claquent. Un cri déchirant s'élève :

– NON !

C'est la voix de Papa, immédiatement couverte par le rugissement d'un moteur et un crissement de pneus.

Le cartable tombe du lit, répandant livres et stylos sur le sol. Chadé se précipite vers la véranda et bouscule au passage son frère, Femi, que la peur a pétrifié dans l'embrasure de la porte.

– *Mama mi ?* murmure-t-elle.

Agenouillé dans l'allée, Papa serre Maman contre lui, cherchant en vain à comprimer la monstrueuse tache écarlate qui s'élargit sur le blanc de son uniforme d'infirmière. Tout autour d'eux, la terre est éclaboussée de rouge.

Ça n'a duré que quelques secondes, mais plus tard Chadé s'en souviendra comme d'une éternité.

La maison se remplit bientôt de gens tendus, silencieux. Chadé, hébétée, observe Joseph par la fenêtre du salon. En faction devant le portail, il jette un regard nerveux entre les battants métalliques au moindre bruit de pas, à chaque coup de klaxon, remuant douloureusement la tête d'avant en arrière comme une vieille tortue. Ses doigts tremblent tellement qu'il a du mal à déverrouiller la serrure quand il doit faire entrer quelqu'un.

Joseph a tout vu. Il était en train d'ouvrir la grille pour laisser sortir la voiture de son maître... et l'instant d'après Maman gisait sur le sol, tandis qu'un véhicule blanc s'éloignait dans un hurlement de pneus sur la grande avenue bordée de palmiers.

Oncle Tunde, le frère aîné de Papa, arrive en même temps que le docteur. Chadé et Femi s'accrochent à leur père pendant qu'il conduit le médecin au canapé où Maman est allongée. Les lèvres entrouvertes, les sourcils un peu froncés, elle fixe le ventilateur du plafond, comme contrariée. Mais le couvre-lit brodé de fleurs dont on l'a enveloppée se teint de pourpre, racontant une tout autre histoire. Chadé agrippe la main de son frère, elle attend.

– Je suis désolé, monsieur Solaja. Elle a reçu une balle en plein cœur. Il n'y a plus rien à faire.

Le docteur a prononcé le verdict d'une voix lente et basse.

– Je me charge d'informer les autorités, et aussi l'hôpital si vous êtes d'accord, pour l'autopsie.

Papa, d'habitude si bavard, se contente de hocher la tête. Il entoure les enfants de ses bras et les serre étroitement contre lui, tandis que, tout près, la plainte de Maman Buki s'élève, pareille au cri d'un oiseau de mer :

– *Sœu'ette mi ! Sœu'ette mi !*

Chadé n'a plus de mots, plus de gestes. Elle voudrait étreindre Maman, forcer ses poumons à s'emplir d'air avant qu'il ne soit trop tard, mais elle est incapable de bouger. Maman Buki, ses grosses joues baignées de larmes, rabat le coin du tissu brodé sur le visage de sa sœur. Chadé la regarde, muette d'horreur ; ses larmes à elle coulent au plus profond de son corps, comme une source silencieuse emprisonnée dans la pierre.

Tout autour, la douleur explose comme un abcès. Chacun y va de son témoignage. M. Folana, le rédacteur en chef de Papa, qui est aussi un voisin, a entendu les coups de feu, puis la voiture démarrant en trombe et le silence de mort qui a suivi. En voyant le portail des Solaja ouvert, il a tout de suite craint le pire et s'est précipité, suivi de sa femme, encore en robe de chambre. C'est lui qui a aidé Papa à transporter Maman dans la maison. Il doit aller d'urgence prévenir son équipe : Papa est le journaliste le plus engagé de la revue *Paroles*, mais il n'est peut-être pas le seul visé.

Avant même que l'information fasse la une des journaux, le bouche-à-oreille va la répandre dans Lagos comme une traînée de poudre. Et quand elle atteindra les collègues de Maman, à l'hôpital où elle travaillait, ce sera un défilé ininterrompu de visiteurs.

Chadé suffoque. Ces bras qui la serrent, ces voix qui ressassent la même histoire, l'écho des coups de feu qui résonne encore dans sa tête... Il faut qu'elle s'isole.

– Pardon, murmure-t-elle d'une voix à peine audible.

Elle se faufile hors de la pièce et court se réfugier dans le bureau de son père, espérant y trouver un peu de calme.

À peine est-elle entrée que le téléphone sonne. Elle décroche machinalement.

– Je suis bien chez M. Folarin Solaja, rédacteur à *Paroles* ?

La voix est douce, mais d'une netteté parfaite.

– Oui.

– Ne le dérangez pas. Transmettez-lui simplement ce message : « Le fait que l'on commence par sa famille ne change rien. »

Chadé a le souffle coupé, comme si un serpent glacé s'était enroulé autour de son cou. D'un geste affolé, elle appelle au secours Oncle Tunde qui vient d'apparaître à la porte du bureau. Il se précipite, mais lorsqu'il saisit le combiné, on a déjà raccroché. Chadé s'efforce de répéter les mots terribles. Les épais sourcils gris de son oncle se soulèvent derrière la monture dorée de ses lunettes. Il fixe Chadé, le visage grave.

Joseph ouvre le portail pour laisser entrer l'ambulance. Le petit groupe d'affligés s'écarte au passage de deux hommes portant un brancard. Maman Buki entonne un cantique. Serrée entre sa tante, dont le corps épais se balance en cadence, et son père, figé et silencieux, Chadé regarde les brancardiers emporter Maman. On l'a recouverte d'un drap d'une blancheur aveuglante.

Puis la porte arrière de l'ambulance claque et, à travers les vitres teintées, Chadé ne distingue plus rien, pas même le blanc du drap. Personne ne parle. On n'entend que le bruit du moteur et celui du portail manipulé par Joseph. Le vieil homme se redresse pour un ultime salut au passage du véhicule. C'est fini. Maman est partie.

Papa se laisse doucement entraîner par Oncle Tunde. Aux motifs prune de sa tunique se mêlent des traînées d'un rouge plus sombre – le sang de Maman.

– Occupe-toi des enfants, s'il te plaît, murmure Papa à Maman Buki. Il faut que je...

D'un geste, il désigne son vêtement taché. Maman Buki, les yeux rougis par les larmes, pousse Femi et Chadé vers la cuisine. Mais, tandis qu'elle échange avec des amis quelques mots d'affliction, les deux enfants se concertent du regard et s'échappent, se faufilant entre les visiteurs. Chadé saisit au passage des bribes de phrases, où le yorouba se mélange à l'anglais :

– *O ma se O*[1]*!*

– Une femme si bonne.

– ... les maudits !

– ... c'était lui qu'ils visaient.

– ... son lot de chagrin...

– ... l'a sauvé.

Chadé examine ses vêtements. Pas la moindre tache sur son uniforme d'écolière, rien qui témoigne de l'horreur. Pourtant elle court dans sa chambre. Elle veut absolument se débarrasser de sa jupe grise et de son corsage bleu, comme si, dans une autre tenue, elle pouvait recommencer la journée au début.

Elle balaie du doigt une rangée de robes de toutes les couleurs, bleu océan, vert forêt, imprimées de fleurs et d'oiseaux. Sa main s'attarde sur le velours de celle que Maman lui a faite quand le père de Papa est mort, une robe noire ornée d'un col de dentelle blanche. Chadé voudrait se coucher par terre, et que le temps s'arrête. Mais Femi l'appelle derrière la porte. Elle lui ouvre.

---

1. Quelle pitié !

– Viens, la presse-t-il.

La tirant par la main, il l'entraîne dans le bureau de Papa, sans accorder un regard à la foule qui s'entasse maintenant au salon.

En pénétrant dans la pièce, Chadé s'attend à ce qu'Oncle Tunde les renvoie. Il est appuyé contre la table de travail, vêtu de son austère costume noir, celui qu'il porte au tribunal et dont Papa a coutume de se moquer : « Décontracte-toi donc un peu ! Fais comme moi ! Je m'habille comme je veux, au boulot ! »

Oncle Tunde se tourne vers les enfants. Sa barbe mouchetée de gris donne à son visage un aspect carré, solide. On le plaisante toujours dans la famille sur ses cheveux qui prennent peu à peu la couleur d'une perruque de juge. Papa, assis à côté du bureau, a revêtu une longue *agbada*[1] noire. Il semble à peine remarquer l'arrivée des enfants, qui se glissent derrière une petite table encombrée de livres et de documents.

D'ordinaire, dans les discussions qui lui tiennent à cœur, c'est leur père qui souligne ses arguments à grand renfort de gesticulations et leur oncle qui

1. Tunique masculine, généralement brodée.

écoute, impassible, les bras croisés. Un jour, il a expliqué à Chadé que le calme et l'attention sont les qualités premières d'un avocat. Mais aujourd'hui, c'est Papa qui écoute, les bras ballants, tandis qu'Oncle Tunde plaide des mains et de la voix :

– Ils n'en ont pas fini avec toi, Folarin ! Ils ne cesseront que lorsqu'ils t'auront fait taire. Tu comprends ce que ça signifie ! Tu es allé trop loin.

Avec ses écrits, leur père a toujours pris beaucoup de risques. Pour l'heure, il ne répond rien, mais Chadé sait ce qu'il pense : « La vérité est la vérité. Jamais je n'accepterai de publier quelque chose de contraire à la vérité ! »

Chadé se souvient des inquiétudes que son dernier article a causées à Maman. Pourtant, elle n'a jamais tenté de l'empêcher d'écrire, contrairement à Oncle Tunde.

Celui-ci se penche pour attraper un journal sur le bureau. Une main sur l'épaule de son frère, il lit à haute voix :

« Les Cinq-Étoiles, les militaires qui dirigent notre pays, dépensent des millions de nairas[1] *pour envoyer leurs rejetons dans les collèges et les*

1. Monnaie du Nigeria.

lycées les plus chers d'Angleterre et d'Amérique. Où trouvent-ils l'argent nécessaire ? Comment un militaire – fût-il général – peut-il disposer de pareilles sommes ? Et qu'en est-il de nos écoles, ici, au Nigeria ? Nos grands généraux les ont fermées quand les enseignants se sont plaints de ne pas recevoir leur salaire et quand les élèves ont protesté contre la pénurie de livres. Manifestement, le fait que des centaines de milliers d'enfants nigérians n'aient pas accès à l'instruction ne les empêche pas de dormir ! Quelle honte pour un pays qui possédait les meilleures écoles et universités d'Afrique ! À croire que notre Commandant Suprême préfère l'éclat des décorations au rayonnement des cerveaux ! »

En temps ordinaire, Papa s'emporterait : « C'est la vérité ! Je n'ai rien inventé ! »

Mais aujourd'hui il se tait. Le regard tourné vers la fenêtre, il fixe le portail, l'endroit où la voiture des tueurs a ralenti. Oncle Tunde repose le journal :

– Tu as intitulé ton article « L'avenir de nos enfants ». Est-ce que tu as pensé à celui des tiens, Folarin ?

Il pose son regard sur eux. Femi mordille son pouce. Il est petit pour ses dix ans, mais solide comme un roc, Maman le disait toujours. Chadé est clouée à sa chaise. Jamais, pendant les douze années de sa vie, elle n'a entendu un adulte parler de cette manière. Lorsque ce type de discussion survenait, on envoyait les enfants jouer ailleurs. Et elle n'a jamais vu Papa dans cet état, comme s'il avait perdu tous ses moyens. Mais Oncle Tunde n'a pas fini :

– Écoute, Folarin ! On connaît ton courage ; tu en as plus que nous tous réunis. Mais réfléchis un peu ! Tu dis que notre pays doit avoir des journalistes qui publient la vérité ? Fort bien ! Mais que publieras-tu, du fond de ta tombe ?

Le parfum du magnolia rose pénètre dans la pièce, et Papa continue de regarder par la fenêtre.

– Pour l'amour de Dieu, s'emporte Oncle Tunde, pense à ce qu'ils viennent de faire à Ken ! Le monde entier a protesté : « Ne pendez pas Saro-Wiwa ! » Son excellence le général Abacha et ses sbires en ont-ils tenu compte ? Bien sûr que non ! Alors, qu'est-ce qui les empêcherait d'éliminer un journaliste inconnu du nom de Solaja ? Pour eux, tu n'es qu'un gratte-papier fauteur de troubles. Pars ! Rejoins notre frère Dele à Londres ! Tu pourras au moins continuer à écrire, à révéler au monde ce qui se passe au Nigeria ! En quoi un journaliste assassiné est-il utile à la vérité ? Et à ses enfants ?

C'en est trop pour Femi. Il saute de sa chaise et se précipite vers son père. Chadé fait de même, comme pour le protéger : des tueurs à la solde du gouvernement, ou des paroles incisives d'Oncle Tunde ? Elle l'ignore.

Les bras de Papa, jusqu'alors inertes, les enlacent fermement. Se blottissant dans les plis de sa tunique, Chadé mêle ses doigts à ceux de son père, soulagée de sentir qu'ils répondent à sa pression. Debout, Oncle Tunde les regarde. Il en a assez dit.

– Votre oncle a raison, reconnaît enfin Papa. Il faut s'éloigner d'ici quelque temps.

– On n'a qu'à aller à la Maison de famille ! s'écrie Femi. Grand-Mère nous cachera !

Papa secoue la tête :

– Même là-bas, on ne serait pas en sécurité. Ces gens-là sont redoutables. Ils connaissent notre village, et je ne veux pas qu'ils s'approchent de Grand-Mère.

Grand-Mère est la mère de Maman. Papa se tait un instant. Puis il ajoute :

– J'aurais dû écouter votre mère.

Ainsi, Maman a essayé de le mettre en garde. En privé, loin des oreilles enfantines. Oui, ça lui ressemble. Soudain, Chadé sent monter en elle des sanglots énormes qui la secouent, l'agitent de tremblements incontrôlables. Des sons étranges s'échappent de sa gorge tandis qu'elle essaie d'aspirer un peu d'air. Elle voit Femi se raidir à côté d'elle. Oncle Tunde se faufile hors de la pièce, refermant la porte sur les trois silhouettes enlacées, pareilles à des rescapés sur un radeau minuscule.

Pas un mot !

– Pas un mot ! À personne ! a ordonné Oncle Tunde. Pour notre sécurité à tous.

Il leur faut des papiers de toute urgence, et Oncle Tunde doit s'en occuper aujourd'hui, dans le plus grand secret. Ni Chadé ni Femi ne possèdent de passeport, et la police a confisqué celui de leur père le mois dernier.

Ce jour-là, quelques heures seulement avant son départ pour l'aéroport, six agents baraqués avaient fait irruption à la maison, puis dans la chambre de Papa et Maman, où Chadé aidait son père à boucler sa valise. Il lui parlait de la conférence à laquelle il se rendait, où des gens de partout discuteraient des droits de l'homme, et de la façon dont les différents gouvernements traitent les habitants de leurs pays.

Les policiers leur étaient tombés dessus comme un essaim de sauterelles. L'un d'eux avait renversé le contenu de la valise, jetant pêle-mêle sur le lit les chemises que la jeune fille venait de plier soigneusement. Un autre avait raflé les documents posés sur la table de nuit. Un troisième s'était fait remettre le passeport de Papa.

Oncle Tunde se charge de tout, car Papa ne doit quitter la maison sous aucun prétexte. Ni lui ni les enfants ne mettront plus les pieds dans la cour de devant. Il est peu probable que les tueurs reviennent, mais on ne peut être sûr de rien. Tout cela semble tellement irréel, surtout l'attitude d'Oncle Tunde, le prudent avocat qui n'hésite pas à se mettre en quête de faux passeports.

– Mais je veux le dire à Kole ! gémit Femi après le départ de leur oncle. C'est mon meilleur ami !

Les deux enfants sont seuls dans le jardin derrière la maison, entre les hauts papayers qui servent de but au petit garçon. Le but opposé est de l'autre côté du terrain, sous les fleurs écarlates des flamboyants. D'un coup de pied, Femi expédie un caillou dans un carré de citronnelle, soulevant un petit nuage de poussière.

– Tu n'as pas le droit ! Tu n'as donc pas compris ce qu'a dit Oncle Tunde ?

– Mais Kole sait garder un secret !

– Écoute, même Maman Buki n'est pas au courant. Si Oncle Tunde se fait prendre, il court un grand danger.

– Je ne veux pas aller à Londres, pleurniche Femi.

Chadé soupire. Elle a cessé de réfléchir. Depuis que ses sanglots se sont calmés, son cerveau est comme engourdi. Tout va trop vite. Elle reste sourde aux plaintes de son frère, parce qu'elle-même refuse de penser à tout ce qu'elle va devoir quitter. C'est trop dur. Ça fait trop mal. Oh, comme elle aimerait voir Maman apparaître sur le pas de la porte, avec son doux sourire ! Maman qui les consolait quand ils étaient tristes, qui les rassurait quand ils avaient peur. Maman toujours calme et fière, même le jour où la police a embarqué Papa !

– Allons à la cuisine, décide Chadé, bien qu'elle n'ait pas du tout envie de manger. Maman Buki a sûrement préparé quelque chose.

Femi hausse les épaules.

– Fiche-moi la paix, bougonne-t-il.

Oncle Tunde rentre tard dans l'après-midi et s'enferme aussitôt dans le bureau avec Papa. Quelques minutes plus tard, il les appelle :

– Ça va prendre du temps, d'obtenir un passeport pour votre père. Et il vaut mieux qu'il voyage seul. C'est plus sûr.

Ses lunettes cerclées d'or pendent entre son pouce et son index. Il les examine d'un air concentré, comme s'il ne savait pas comment poursuivre.

– Enfin, Dieu merci, une dame qui part pour Londres est d'accord pour vous emmener.

Chadé et Femi se regardent sans comprendre.

– Elle s'appelle Mme Bankole. Elle a un passeport britannique sur lequel sont inscrits ses deux enfants. Ils ont le même âge que vous, mais ils ne voyagent pas avec elle cette fois. Elle veut bien vous faire passer pour eux et vous conduire chez votre Oncle Dele.

Interloqués, les deux enfants se tournent vers leur père. On veut les obliger à mentir, c'est ça ?

– Mais ce n'est pas notre mère ! proteste Femi, le visage crispé.

Papa ferme les yeux. Quand il les rouvre, il cligne des paupières comme si la lumière le blessait.

– Bien sûr, commence-t-il, j'aurais préféré qu'on voyage ensemble. Mais ces gens que votre oncle a rencontrés connaissent mieux que moi tous ces...

Il s'interrompt, hésite, regardant tour à tour son fils et sa fille.

– ... ce genre de tractations. Le plus important, c'est de nous retrouver bientôt, tous les trois, en sécurité. On ne peut pas laisser passer une telle occasion.

Oncle Tunde ne cache plus son inquiétude :

– Nous n'avons pas le choix, et le temps presse. C'est très difficile d'obtenir de faux papiers pour des enfants. On a une chance unique de vous envoyer à Londres tous les deux. Il faut en profiter, car rien n'arrêtera les individus qui ont tué votre maman.

Chadé se mord les lèvres. Elle a l'impression d'être suspendue dans le vide, elle aussi, comme les lunettes au bout des doigts d'Oncle Tunde.

– Quand est-ce qu'on part ?

Son oncle et son père se consultent du regard.

– Ce soir, dit doucement Papa.

Un sac à dos chacun

Ils n'emporteront qu'un petit fourre-tout et un sac à dos chacun. Et ils ont moins d'une heure pour tout préparer. Seule Maman Buki est dans la confidence. Oncle Tunde l'a prise à part, derrière la maison, loin des oreilles indiscrètes. Il lui parle tout bas ; pourtant sa voix parvient jusqu'à Chadé, par la fenêtre ouverte de sa chambre.

Elle s'approche sur la pointe des pieds et tend l'oreille derrière le rideau de tulle.

– S'ils apprennent que les enfants sont partis pour Londres, ils surveilleront l'aéroport. Tant que Folarin ne sera pas loin d'ici, tout le monde doit les croire à la campagne, dans la famille.

« Ils ». Ceux qui poursuivent son père de leur haine parce qu'il a osé écrire la vérité.

Une porte qui claque fait sursauter Maman Buki et met brusquement fin à la conversation chuchotée. Le dos appuyé au chambranle, Femi, les poings serrés, les yeux pleins de détresse, ressemble à un boxeur sans adversaire.

– Qu'est-ce qu'on emporte ? lui demande Chadé.

Comme son frère ne répond pas, elle ouvre son armoire et en examine le contenu.

Maman Buki entre dans la chambre. Sans un mot, elle enlace la fillette. Femi s'écarte, mais Maman Buki l'attire aussi contre elle. Alors il se laisse aller dans les bras de sa tante, qui murmure une prière pour les confier tous deux à la protection de Dieu.

Son corps est chaud et moite. Si seulement ils pouvaient s'endormir dans cette chaleur, puis se réveiller et découvrir que tout cela n'était qu'un cauchemar ! Mais les pleurs, les exclamations, les voix bouleversées courent encore dans la maison, s'infiltrant sous la porte fermée.

Maman Buki lâche ses neveux et commence à s'activer :

– Il va faire froid, à Londres. Votre oncle Dele devra vous acheter des vêtements chauds.

Les deux enfants se taisent.

– Tu n'as que ce petit pull de rien du tout, Chadé ?

La petite fille hoche la tête.

– Mets-le dans ton sac à dos. Tu en auras besoin dans l'avion. On va trouver un sweat pour Femi.

Maman Buki se comporte maintenant comme s'ils se préparaient à un voyage ordinaire.

Chadé essaie de réfléchir à ce qu'elle doit rassembler. Elle a du mal à accepter l'idée qu'elle ne reverra pas sa maison avant longtemps, très longtemps, peut-être. Qu'elle ne peut emporter que de petites choses qui ne prennent pas de place.

Et son bureau, que Papa a commandé à un menuisier exprès pour elle, afin de la récompenser de son dernier bulletin scolaire ? Le bois vient de la forêt qui pousse derrière la Maison de famille, dans leur village, près d'Ibadan. Papa et Maman sont nés là-bas tous les deux. Ils étaient voisins. Seule la mère de Maman est encore en vie. Grand-Mère règne sur la demeure où Maman a été une petite fille, et Papa, le gamin d'à côté. Chadé aime les dessins du bois, sur la surface lisse et luisante de son pupitre. Ils lui rappellent les sentiers sinueux de la forêt.

Son bureau, ses souvenirs, elle doit tout laisser ici. Mais peut-elle au moins emporter son objet préféré, cette tête de femme à la coiffure merveilleusement ciselée, la jeune Iyawo qui la regardait faire ses devoirs, la gardienne de ses secrets ? Chadé soulève à deux mains la sculpture d'ébène. Elle est trop lourde. Elle la repose près de son Oko[1] aux pommettes hautes et aux yeux tristes. Au moins, ces deux-là resteront ensemble. Sur son bureau.

– Et ça, Chadé, tu le prends ?

Maman Buki déploie l'aso-oke[2] que la fillette portait lors du dernier mariage familial. Maman leur avait cousu à tous les quatre de magnifiques vêtements de fête dans le même tissu d'un bleu profond, tramé de fils d'or. Chadé sent ses yeux la picoter de nouveau.

– Je ne sais pas, Tatie.

– Je vais le rouler bien serré. Tu peux avoir besoin d'une tenue habillée.

Chadé se demande si elle pourra le remettre un jour. Ils étaient tous si heureux, ce jour-là ! Maman avait veillé chaque nuit pendant un mois pour confectionner leurs habits. Chadé disait que ce bleu

1. Mari, en yorouba.

2. Ensemble comportant une blouse et un châle, tissés à la main avec des fils dorés et argentés.

ressemblait à la couleur de la mer au soleil levant, et Femi avait remarqué en blaguant que Maman cousait l'océan ! Oui, l'aso-oke aidera Chadé à se souvenir. Elle tire du fond d'un tiroir le petit sac que Maman lui a fabriqué dans le même tissu, doublé d'un satin assorti. Ravalant ses larmes, elle le glisse dans la poche du fourre-tout.

Maman Buki s'attaque au bagage de Femi, avec l'aide de Chadé. Le garçon reste prostré sur une chaise ; quand sa sœur lui demande s'il veut emporter son jeu d'ayo, il hausse les épaules. Elle met tout de même les galets et la planchette dans le sac à dos.

Puis Papa vient leur dire au revoir. Il s'assied maladroitement sur le bord du lit :

– Ne vous inquiétez pas, je vous rejoindrai très vite. Vous serez bien, chez votre oncle Dele. On l'appellera ce soir, quand il sera rentré du travail.

Oncle Tunde a déjà tenté de le joindre, dans son appartement de Londres, mais personne n'a répondu.

– S'il ne peut pas venir vous chercher à l'aéroport, Mme Bankole vous conduira à l'école où il enseigne.

Papa tend à Chadé un morceau de papier où il a écrit, de sa plume élégante, ÉCOLE DES BEAUX-ARTS DE LONDRES, suivi d'une adresse.

– Là-bas, demandez le docteur Solaja. Mais attention ! Tant que vous n'êtes pas sains et saufs auprès de lui, vous vous appelez Bankole, et vous portez les prénoms marqués sur le passeport !

Il se tait un instant, l'air sombre.

– Vous savez combien je déteste le mensonge, reprend-il. Mais nous n'avons pas le choix.

Les enfants l'ont écouté en silence. Dehors, le jardin somnole sous la sèche brûlure du soleil. C'est la saison de l'harmattan, quand les vents soufflent du Sahara, recouvrant tout d'un fin brouillard de poussière. Et c'est l'heure de l'après-midi où Chadé aime à chercher refuge dans le bureau de son père. Les larges pales du ventilateur font danser des souffles d'air frais à travers la pièce.

Souvent, à cette heure-là, son père était encore au journal. Mais lorsqu'il rentrait plus tôt, il lui permettait de s'installer à la petite table. Et, même absorbé par la rédaction d'un article, il était avec elle. Chadé appréciait ces instants. À cinq heures, Maman leur apportait des rafraîchissements, les appelant en riant « les deux pois d'une même cosse ». Puis, quand le soleil commençait à baisser, Femi surgissait et harcelait son père jusqu'à ce qu'il vienne jouer au foot avec lui, entre les papayers et les flamboyants.

Maman Buki pose ses mains sur les épaules de Femi, qui tressaille :

– Votre père fait de son mieux, dit-elle d'une voix qui tente de rester ferme. Vous allez nous manquer.

Chadé voudrait parler, mais elle a peur de s'embrouiller. Pourtant, il ne lui reste que quelques instants pour confier à Papa tout ce qu'elle a à lui dire. Quand se reverront-ils ? Elle s'assied près de lui et pose la tête contre sa poitrine. Femi s'approche d'un pas, et Papa l'attire à lui. Le bras de son père autour d'elle, Chadé s'entend demander d'une toute petite voix :

– Qu'est-ce qu'ils vont faire à Maman ?

Sa question la surprend elle-même. Elle se refuse à imaginer le corps allongé sur un brancard. Pourtant, elle a besoin de savoir.

– Les médecins vont pratiquer une autopsie, pour déterminer les causes de la mort, répond doucement Papa. Puis nous pourrons l'enterrer.

– Où ? s'enquiert Femi d'un ton rogue.

– Dans notre village, si c'est possible. On verra. Allez, on aura l'occasion de reparler de tout ça au téléphone, et...

Oncle Tunde passe la tête par l'entrebâillement de la porte :

– Désolé de vous interrompre, mais il est temps de partir. Il faut compter avec les embouteillages.

Oncle Tunde a garé sa voiture derrière la maison.

– Mieux vaut que personne ne nous voie, a-t-il expliqué.

Il ouvre la portière arrière et désigne aux enfants l'espace entre les deux banquettes :

– Couchez-vous là, dit-il en prenant une couverture grise posée sur le siège. Je vais vous cacher.

Devant la grimace de Femi, Papa plaisante :

– Je suis sûr que votre oncle m'obligera à me fourrer là, moi aussi, quand ce sera mon tour !

Il serre précipitamment ses enfants dans ses bras :

– Veillez bien l'un sur l'autre, ajoute-t-il, la voix rauque. On se retrouve bientôt. *O dabo*[1] !

Maman Buki les embrasse, les joues humides. Chadé grimpe dans la voiture et se recroqueville dans l'étroite cachette. Femi se glisse près d'elle, et la couverture descend sur eux comme un sombre nuage d'orage.

– Femi ? chuchote Chadé. Ça va ?

1. Au revoir.

Elle tend le bras et ses doigts heurtent une bosse dure, le genou de son frère. D'habitude, quand ils chahutent dans le noir, c'est une vraie partie de rigolade. Ils gloussent, jouent à se faire peur. Mais, cette fois, Femi n'émet qu'un reniflement étouffé. Elle répète :

– Femi ?

Pour toute réponse, il écarte un peu son genou. Alors elle retire sa main et s'enveloppe de ses bras, cherchant à deviner à chaque vibration ce que fait Oncle Tunde : il ouvre et referme le coffre, s'installe sur le siège avant, claque la portière. Voilà. On les a enfermés dans le noir pour les emporter loin de la maison, loin de Papa. Le moteur ronfle, la voiture s'ébranle.

Quelques heures plus tôt, c'est Maman qu'on a emportée, sous un drap blanc, Maman qui ne voyait plus rien, qui n'entendait plus rien, qui ne ressentait plus rien. Chadé ne voit plus non plus, mais elle entend, elle ressent. Elle enfonce ses ongles dans ses paumes en souhaitant devenir sourde et insensible.

Et voici mes enfants

Blottie sous la couverture, Chadé entend le bruit métallique du portail que Joseph referme derrière eux. Il les connaît depuis qu'ils sont nés, et les enfants ne lui ont même pas dit au revoir.

Chadé revoit en pensée les lieux familiers qu'ils sont en train de quitter. La maison blanche et son jardin – leur maison. L'avenue bordée de palmiers et le bosquet de bananiers, au coin. Quand ils étaient petits, Chadé et Femi croyaient que des esprits errants se dissimulaient derrière leurs larges feuilles. Puis, sous l'amandier ébouriffé, c'est l'étal de M. Abiona, avec ses boîtes de conserve, ses pots et ses bouteilles empilés les uns sur les autres comme des équilibristes en costumes de couleur. Que Maman soit à court de lessive, d'huile, de shampooing ou d'allumettes, M. Abiona trouvait toujours de quoi la dépanner, un sourire complice aux lèvres. Chadé voudrait tant lui dire au revoir, à lui aussi ! Elle le revoit, ce matin, les mains plaquées sur le visage, incapable d'articuler un mot. Il a été l'un des premiers à accourir, à découvrir Maman gisant dans l'allée. Il avait entendu les coups de feu. Peut-être même a-t-il vu filer la voiture des tueurs.

Ils n'en sont qu'au début du voyage, et Femi s'agite déjà. Oncle Tunde ralentit, tourne. Ils prennent sans doute l'avenue Adeniyi Jones ; ils vont doubler le panneau publicitaire pour le LAIT VITAMINÉ DU Dr MEYER. Leur blague favorite consistait à ouvrir grand la bouche en passant sous la bouteille géante, qui paraissait déverser son liquide crémeux.

Le grondement de la circulation s'est intensifié. Maintenant, il est ponctué de cris, de coups de klaxon et de sifflets. Ils ont certainement rejoint le flot des voitures, camions, motos et vélos qui embouteillent l'entrée de la ville. Ont-ils déjà dépassé les tréteaux de Maman Lola, l'amie de Grand-Mère, qui trône derrière ses pyramides d'oranges ?

À chaque séjour de Grand-Mère à Lagos, les deux vieilles dames passaient des heures ensemble, assises au soleil, à discuter de tout et de rien en yorouba, ne s'interrompant que le temps de servir les clients. Ce sont des amies d'enfance, mais Maman Lola semble bien plus âgée ; elle est plus ridée, plus voûtée. « Pauvre Maman Lola ! dit souvent Grand-Mère. Le chagrin est entré chez elle comme un voleur. Tous ses enfants sont morts. Elle doit vendre des oranges pour survivre. »

Grand-Mère aussi a perdu sa fille, maintenant. Le sait-elle ? Qui va le lui annoncer ? Maman Buki sera-t-elle la triste messagère de ces paroles du malheur ? Grand-Mère comprendra rien qu'en la voyant. Chadé l'imagine trop bien ; ses yeux voilés, son visage défait...

Quand reverront-ils Grand-Mère ? Chadé presse son front contre ses genoux, son corps tressaute à chaque cahot. Chadé et Femi sont comme deux cailloux au fond d'une boîte, une boîte que l'on secouerait pour les faire tomber.

– Un contrôle de police ! Ne bougez surtout pas !

La voix d'Oncle Tunde est tendue. Sa voiture ralentit. Ils allaient plus vite, depuis quelque temps, probablement avaient-ils quitté les artères encombrées de la ville pour la grand-route. Sous la couverture, les doigts de Femi grattent le bras de Chadé. Elle lui saisit la main. Le moteur change de régime, rétrograde, s'arrête presque, puis ronfle de nouveau. Ils sont passés ! Femi retire sa main.

– Et d'un ! fait Oncle Tunde sur le ton du commentateur sportif blasé.

Il garde son calme plus facilement que Papa ! Lui, les barrages de police font bouillonner sa colère comme une soupe au piment. La dernière fois qu'il a conduit les enfants chez Grand-Mère, ils ont été contrôlés plus de vingt fois ! Chadé et Femi avaient même inventé un jeu : c'était à qui repérerait le premier le billet échangé discrètement de la main du conducteur à celle du policier. Les chauffeurs de taxi, au volant de leur minibus chargé de passagers, ne prenaient pas de risques et payaient. Généralement, les policiers fixaient Papa avec morgue et l'interrogeaient sur sa destination. Mais nul ne lui a jamais extorqué un sou. Quelque chose dans son attitude devait leur en imposer. Pourtant, après chaque barrage, sa colère explosait, et il s'élevait contre ce racket organisé. Alors Maman posait doucement la main sur son épaule :

– N'en fais pas une maladie, Folarin. Ils n'attendent que ça !

Maman. Maman sous le couvre-lit à fleurs trempé de rouge. Maman sous le drap trop blanc. Maman lisant à haute voix un article de Papa : *« Pas un jour sans que nous ne soyons rançonnés ! Au vu et au su de tous. Et à qui se plaindre ? Pas à la police, c'est elle-même qui nous vole ! »*

–Tu crois qu'ils vont laisser passer ça, Folarin ? s'était inquiétée Maman.

– Ils se croient tout permis parce que personne n'ose réagir, avait répliqué Papa. Ils devront m'enfermer s'ils veulent que je la boucle !

Malgré cela, Maman ne lui avait jamais demandé de cesser d'écrire.

Oncle Tunde ralentit de nouveau :

– Ne bougez pas, les enfants. Ce policier-là a une lampe torche.

Un coup de frein, la voiture s'arrête. Chadé entend la vitre qui descend. Elle retient son souffle, priant pour que Femi se tienne tranquille.

– Je suis en retard, monsieur l'agent. Je vais chercher ma mère à l'aéroport. Si elle ne me voit pas du premier coup d'œil, ça va être ma fête... Vous savez comment sont les mères !

Oncle Tunde lâche un petit rire ; il a parlé d'un ton calme et poli.

– *Ouv' la po'te, Oga*[1] *!* aboie l'homme. Qu'est-ce que tu as là, *de'iè'e* ?

– Oh, du bazar, monsieur l'agent, répond leur oncle en insistant sur le mot « bazar », comme si c'était une plaisanterie. J'ai caché ça sous une couverture, sinon, j'entends déjà les remarques de ma mère !

– *D'acco'd, d'acco'd !* beugle le policier. *Ci'cule !*

– Merci de votre compréhension, monsieur l'agent.

Le moteur s'emballe. Une fois le barrage franchi, Oncle Tunde autorise les enfants à sortir de leur cachette et à s'asseoir.

– Tu lui as donné de l'argent ? demande Chadé.

Son cœur bat encore à toute vitesse.

– Ne t'inquiète pas de ça ! On l'a échappé belle. S'il avait insisté pour regarder, on était cuits !

Femi renifle :

– Il aurait cru que tu nous kidnappais !

Il essuie ses yeux d'un revers de manche. Est-ce qu'il a pleuré ? Il se tortille sur la banquette, étire ses jambes et tourne le dos à sa sœur.

1. Maître.

Les lumières de l'aéroport Murtala Mohammed brillent au loin. C'est tellement excitant, d'habitude, de venir à l'aéroport, surtout à la nuit tombée ! Le bâtiment étincelant ressemble à un énorme paquebot voguant sur une mer indigo. Et ces milliers de messages invisibles échangés entre la tour de contrôle en forme d'entonnoir et les avions tout aussi invisibles, là-haut, dans le ciel ! Mais ce soir, Chadé ne ressent rien de plus qu'un nœud douloureux au milieu de son estomac. En ce moment même, un aiguilleur s'apprête à guider l'avion qui va les emporter loin de chez eux.

Même de nuit, le parking est bruyant et animé comme une place de marché. Ils suivent le long flot de voitures qui se fraie un passage dans la cohue des voyageurs encombrés de sacs et de valises. Une fois garé, Oncle Tunde recommande aux enfants de l'attendre, le temps qu'il retrouve son agent et Mme Bankole.

– Je ne veux pas partir, Chadé ! s'écrie Femi, à peine leur oncle a-t-il disparu dans la foule. On n'a qu'à s'enfuir ! Comme ça, on manquera l'avion. Ils n'ont pas le droit de nous forcer !

Les phares des voitures font briller par intermittence ses joues trempées de larmes.

– On ne peut pas, Femi. Papa non plus n'a pas envie qu'on s'en aille. Mais c'est mieux comme ça.

Le petit garçon tripote la poignée de la portière en reniflant.

– Femi, si tu te sauves, Papa sera obligé d'aller à la police, et alors ils l'arrêteront.

Il retire sa main de mauvaise grâce. Les mots de Chadé semblent retomber sur eux comme une autre couverture. En silence, ils observent le tourbillon de la foule.

Quand Oncle Tunde revient, il est accompagné d'une petite femme aux joues rondes comme des mangues. Elle porte une robe et une écharpe vertes qui luisent dans la lumière du lampadaire.

– Venez, dit Oncle Tunde en ouvrant la portière. Je vous présente Mme Bankole.

– Et voici mes enfants, n'est-ce pas ?

Un mince sourire se dessine sur les lèvres violettes de l'inconnue. Maman, elle, ne mettait jamais de rouge à lèvres.

Chadé la surnomme aussitôt « Madame Paon », l'imaginant sans peine en train de faire la roue. Elle s'amuse souvent à donner des surnoms aux gens, et d'ordinaire elle rirait de sa trouvaille avec Femi. Mais elle n'a pas oublié les recommandations de son père : « Tant que vous n'êtes pas sains et saufs auprès d'Oncle Dele, vous vous appelez Bankole. Et vous portez les prénoms marqués sur le passeport ! » Tout en sortant de la voiture, elle s'efforce donc de chasser cette image fantasque de son esprit.

Quand la passeuse leur tend la main, les deux enfants esquissent un mouvement de recul. Des anneaux d'or tintent à ses poignets, ses doigts boudinés sont surchargés de bagues, et ses ongles vernis ont la même couleur que ses lèvres.

– Allons, allons, un petit effort !

Un inconnu en costume clair vient de surgir derrière la femme. Sa veste, fleurie d'une pochette rose, est tendue sur un ventre proéminent.

– Si vous ne jouez pas le jeu, ajoute-t-il en fixant les enfants de son regard sévère, tout le monde aura des ennuis. À commencer par votre père.

Il a parlé sèchement, sur un ton lourd de menaces. C'est lui l'organisateur. L'agent.

– Ce monsieur a raison, les enfants. Je suis sûr que vous comprenez.

Chadé reconnaît dans la voix de son oncle cette expression pressante qu'il a eue plus tôt, lorsqu'il s'adressait à son père. Ce n'est pas son ton habituel ; ni sa « voix d'avocat », que Chadé a eu l'occasion d'entendre au tribunal. Lorsqu'il défendait la cause d'un client devant le juge, ses paroles et ses gestes étaient pleins d'assurance. Mais à l'instant Chadé a cru percevoir une hésitation, et peut-être une pointe de désespoir derrière ses mots.

– C'est l'affaire d'une nuit, reprend-il. Le temps que Mme Bankole vous confie à Oncle Dele. N'oubliez pas vos sacs.

Il se détourne presque brusquement, comme pour dissimuler son trouble. En retirant son sac à dos du coffre, Chadé le voit prendre à part Gentil-Organisateur et lui remettre une épaisse enveloppe. Tournant le dos à la foule, dissimulé entre Oncle Tunde et la voiture, l'homme compte rapidement la liasse de billets. Dans la lumière vacillante, son gros index remue aussi vite qu'une patte de renard déblayant l'entrée d'un terrier de lapin.

Mme Bankole tend de nouveau aux enfants ses doigts bagués. À contrecœur, Chadé et Femi acceptent enfin de lui donner la main.

– À partir de maintenant, dit-elle à Chadé, tu es ma fille Yemi. Elle aura treize ans dans un mois, le treize décembre. Tu te rappelleras ?

La fillette ne répond pas. La main de la femme est moite, et Chadé n'aime pas le contact des bijoux. Maman ne portait que son alliance.

– Et, par chance, continue la passeuse, mon fils a dix ans, l'âge de ton frère. Donc, jeune homme, tu t'appelles Ade, et tu es né le 1er mars. Tâche de t'en souvenir.

Femi fixe obstinément le bout de ses chaussures. Oncle Tunde leur dit au revoir en leur promettant que Papa les rejoindra bientôt. Le petit garçon ne relève même pas la tête.

Enlevés par un cyclone

Devant le hall des départs, deux policiers discutent. L'un d'eux tapote la crosse du pistolet glissé dans sa ceinture. Gentil-Organisateur, qui a tiré la grosse valise à roulettes de Mme Bankole, s'immobilise. La passeuse se débat avec un vanity-case assorti à son bagage et un manteau de faux léopard.

– Je m'arrête ici, dit l'agent d'une voix mielleuse. Bon voyage ! Yemi et Ade, ajoute-t-il à l'attention des enfants en souriant de toutes ses dents, soyez sages et gentils avec votre mère !

Il a parlé bien fort pour que tout le monde l'entende et il leur caresse légèrement la tête. Chadé fait un effort pour ne pas se cabrer, tandis que Femi sursaute et serre les mâchoires. Absorbés par leur conversation, les gardes n'ont rien remarqué.

Dans l'aérogare, des agents en uniforme kaki et béret noir contrôlent les bagages et les billets. Quand arrive leur tour, Mme Bankole hisse ses affaires sur le comptoir et Chadé pousse le fourre-tout à côté.

Renonçant à couvrir le brouhaha, Béret-Noir mime le geste d'ouvrir la valise. Il a l'air de s'ennuyer terriblement. Pourtant, à peine la passeuse a-t-elle obéi que, d'un geste incroyablement vif, il lui intime l'ordre de sortir ses affaires. Sans un mot, elle fait glisser son poignet couvert de bracelets sur le flanc du bagage – Chadé croit apercevoir un billet –, avant de regarder fixement le contenu de son sac à main. Mine de rien, Béret-Noir soulève quelques vêtements tandis que son autre main trouve le billet, puis il hoche la tête pour indiquer qu'il a fini. Sa paume fermée rejoint sa poche de pantalon, avant de réapparaître grande ouverte pour faire signe à sa collègue. Celle-ci colle des étiquettes sur la valise et le fourre-tout ; puis, aidée de Béret-Noir, les charge sur un tapis roulant, au bout duquel ils sont avalés par un trou noir dans le mur. Le silencieux ballet s'achève sans qu'un mot ait été échangé.

Une porte étroite mène à deux grands comptoirs et d'autres uniformes. Trois galons cuivrés rutilent sur l'épaule de l'officier qui les attend. Là non plus, personne ne parle. Mme Bankole tend ses papiers. Les yeux de Trois-Galons se posent brièvement sur chacun d'eux avant de se concentrer sur le passeport et l'ordinateur posé devant lui. Le buba[1] vert vif de la passeuse se soulève précipitamment, mais elle réussit à dissimuler son trouble. D'un geste brusque, l'homme lui rend enfin ses papiers.

Un peu plus loin, une femme en uniforme bleu promène un épais bâton noir sur les voyageurs qui franchissent un portique métallique. On dirait un rituel magique.

– Qu'est-ce que c'est? demande Femi, les sourcils froncés et l'air soupçonneux.

– C'est pour éviter la fraude, lui explique Chadé.

– Mais nous, on fraude, non? chuchote férocement son frère.

Mme Bankole se retourne, le visage sévère :

– Ade, mon garçon, pose ton sac ici. Pour les rayons X.

1. Corsage.

Femi croise les bras, comme s'il n'avait pas entendu.

– S'il te plaît, Fe...

Chadé s'interrompt. Derrière eux se tient un homme à lunettes de soleil vêtu d'une large agbada blanche imprimée d'yeux noirs qui évoquent des espions. La fillette retire son sac à dos.

– Tu veux que je t'aide, Ade ? propose-t-elle gentiment.

La bousculant, son frère se débarrasse violemment de ses affaires, qui s'écrasent sur le tapis roulant. Il est épuisé. Dans ces cas-là, personne ne peut le raisonner.

– Il n'est pas content de prendre l'avion ? demande Je-Vois-Tout à Chadé, d'un ton traînant teinté d'accent américain.

– Oh, les gosses d'aujourd'hui ! répond vivement Mme Bankole. Ils sont tellement blasés !

Le portique franchi, elle entraîne les enfants vers une rangée de sièges. Le touriste leur emboîte le pas, racontant avec enthousiasme son séjour au Nigeria, le rêve de sa vie.

– Ce sont mes racines ! On doit découvrir d'où nous venons, nous autres, Afro-Américains.

Il se met à raconter des histoires africaines qu'il tient de son grand-père. Femi pousse Chadé du coude en lui montrant les boutiques. À côté d'une vitrine remplie d'appareils photo, un kiosque aux murs couverts de peaux de crocodile propose des souvenirs.

– Est-ce que... Est-ce qu'on peut aller regarder ? On ne s'éloigne pas.

Chadé n'a pas réussi à dire « Maman ». Mme Bankole hésite.

– Je vois bien que mes histoires les ennuient ! dit Je-Vois-Tout en riant.

Les lèvres violettes de la femme expriment son hésitation, puis elle accepte, leur recommandant de rester à portée de vue.

Femi fronce le nez à la vue d'un sac à main façonné dans la peau d'un bébé crocodile. La tête aplatie aux orbites vides et tristes forme le rabat.

– Tuer un petit ! C'est dégoûtant ! s'exclame-t-il bien fort à l'intention de la vendeuse.

Mais celle-ci fait comme si de rien n'était et lui sourit.

« Pourquoi tant d'adultes se comportent-ils ainsi, de manière fausse et mensongère ? se demande Chadé. Papa, lui, n'est pas comme ça. C'est pour cela que Maman... » Chadé claque la porte qui vient de s'ouvrir dans sa tête.

– Moi aussi, je trouve ça affreux, dit-elle.

À côté du sac sont exposées des sculptures d'animaux et de visages qui se ressemblent tous. Chadé remarque pourtant un couple dans un coin. Elle s'approche pour examiner leurs traits. Les cheveux de la femme lui semblent familiers. Ces deux têtes sont une version plus âgée de ses propres Oko et Iyawo, abandonnés sur son bureau. Des larmes brûlantes perlent à ses paupières.

– Il faut que j'aille aux toilettes, murmure-t-elle.

Une fois à l'abri, elle se love sur le siège, les mains plaquées sur la bouche pour essayer de contenir ses sanglots. Elle tremble de tout son corps, et une image s'impose soudain à elle : celle des citrons accrochés à leur branche, que Maman secouait pour les faire tomber. Elle tire la chasse d'eau, et le bruit masque à peine ses cris étranglés.

– Yemi ! Dépêche-toi ! Ils appellent notre vol, crie Mme Bankole, aussi aimable qu'un paon.

– J'arrive ! articule Chadé, mais aucun son ne franchit ses lèvres.

– Yemi, tu m'entends ? Yemi !

Se forçant à bouger, la fillette déverrouille la porte.

– Je ne me sentais pas bien, marmonne-t-elle.

Pour Chadé, ce voyage semble flou, presque irréel. Hier soir, elle a fait ses devoirs à son bureau. Maman lui a apporté un chocolat chaud avant qu'elle se mette au lit, et lui a reproché gentiment de se coucher si tard. Chadé lui a dit de ne pas s'inquiéter, car Iyawo veillait sur elle. C'était un de leurs jeux : prétendre que les sculptures gardaient un œil sur elle pour rassurer Papa et Maman.

Mais ce soir... Que fait-elle à l'aéroport, à contempler ces têtes dans une boutique au lieu des siennes, sur son bureau ? Qui est cette étrangère qui l'appelle Yemi et prétend être sa mère ? Est-ce un cauchemar ? Va-t-elle se réveiller dans son lit, tendrement secouée par Maman ?

Elle a vaguement conscience des hôtesses de l'air qui récitent les consignes de sécurité, de Femi qui joue avec les écouteurs et les boutons, du rugissement des moteurs tandis qu'elle scrute l'obscurité à travers le hublot, observant les formes fantomatiques qui s'amenuisent à mesure qu'ils prennent de l'altitude.

Quelque part – si loin déjà – les plantains frémissent sous le réverbère au coin de la rue, et le vieil étal en bois de M. Abiona attend le jour, rangé sous l'amandier. Quelque part, les casuarinas étirent vers le ciel leurs doigts fins comme des aiguilles, diffusant leur parfum dans une chambre déserte, où une statuette aux cheveux ciselés contemple un pupitre vide. Mais Chadé ne distingue plus que des lumières minuscules éparpillées dans un océan de ténèbres. Bientôt, les points lumineux s'estompent, et il ne reste rien.

Chadé rêvait de prendre l'avion, et Papa et Maman lui avaient promis de l'emmener en voyage un jour. Mais pas comme ça. Ce soir, elle a l'impression d'être enlevée par un cyclone qui l'arrache à tous ceux qu'elle connaît ; tous, sauf Femi. Et même lui, il commence à lui échapper.

Vol de nuit

– Vos enfants vont bien ?

Les yeux bleus de l'hôtesse de l'air, qui vont et viennent entre Mme Bankole et eux, alarment Chadé. Ni elle ni Femi n'ont touché à leur plateau-repas.

– Ils sont juste un peu fatigués, je vous remercie.

Les deux femmes se sourient. Les enfants se taisent. Au-dessus de leurs têtes, un écran montre un avion aussi minuscule qu'un phasme perché sur une carte d'Afrique, le nez pointé vers le Sahara. Un haut-parleur les informe sur leur altitude, la distance parcourue, la vitesse du vol... Toutes les heures, l'insecte leur rappelle les centaines de kilomètres qui les éloignent inévitablement de chez eux.

Chadé baisse le volet du hublot et ferme les yeux pour se couper du monde extérieur. Elle sombre dans un sommeil agité, incapable d'oublier le grondement de l'avion. Elle rêve.

Sa main dans celle de Maman, elle s'enfonce dans la forêt. Les rayons du soleil filtrent à travers les immenses feuilles pointues des palmiers. Elles atteignent une clairière. Chadé lève les yeux et découvre le visage d'une inconnue. Plus tard, elle se dépêche pour ne pas perdre Maman dans les allées encombrées du marché d'Alade. Maman attrape une soucoupe pleine de boutons pour en admirer le bleu étincelant à la lumière. Elle demande son avis à Chadé, qui tend la main. Mais, bousculée par un homme en robe blanche, elle laisse la soucoupe lui échapper.

Chadé se réveille coincée dans sa ceinture, les poings serrés. L'air froid s'est infiltré sous la couverture, traversant son pull léger et son jean. La cabine est silencieuse, hormis le ronronnement sourd des moteurs. Les lampes sont en veilleuse.

Femi est pelotonné comme un baluchon, et Chadé ne saurait dire s'il s'est enfin endormi. C'est le cas de Mme Bankole, en revanche, à en juger par ses ronflements.

La jeune fille referme les yeux et tente de somnoler, mais le requin ailé qui les a avalés et les emporte au-dessus de la terre continue à rugir. Ils sont impuissants ; comme Maman, sous le drap blanc taché de rouge ; et comme Papa, agenouillé près d'elle, en larmes.

Au matin, quand ils relèvent les volets, le ciel est rayé par les couleurs d'un arc-en-ciel. Un indigo sombre teinté de blanc crémeux se fond dans un bleu laiteux qui se dissipe sur un horizon orangé et rouge avant de se briser sur les falaises des nuages vaporeux.

– Peut-être que la neige ressemble à ça, murmure Femi.

– On dirait du coton, répond Chadé à voix basse.

Un instant, ils s'absorbent dans la contemplation de cet étrange spectacle, puis l'hôtesse apporte de nouveaux plateaux. Cette fois, ils mangent. Chadé a des crampes d'estomac. Le dernier repas digne de ce nom qu'ils ont pris, c'est Maman qui l'avait préparé.

L'avion entame sa descente à travers les nuages. Un patchwork de champs allant du vert acide au brun chocolat apparaît. Les couleurs sont ternes et s'estompent bientôt dans le brouillard. Quand celui-ci se dissipe, on dirait qu'un magicien a transformé les prairies en milliers de bâtiments qui s'étendent à perte de vue. Tout semble couvert de cendre grise. C'est donc ça, Londres. Et Oncle Dele les attend là, en bas. Une rivière serpente à travers la ville comme un immense python marron, ballonné par une indigestion.

– La température à Londres aujourd'hui est de huit degrés Celsius.

Chadé frissonne. Elle espère que leur oncle leur a apporté des vêtements chauds. Leurs vestes de coton ne suffiront pas.

Rien à déclarer

Londres, Angleterre

– Ne parlez que si c'est nécessaire, leur recommande Mme Bankole.

Le sourire avec lequel elle a salué l'hôtesse s'est figé entre ses grosses joues. Elle parle à voix basse, malgré l'écho des talons et le couinement des bagages à roulettes dans le couloir interminable. Femi tourne vers elle un visage maussade qui reflète les pensées de Chadé : à qui pourraient-ils bien parler ? Et pour dire quoi ? Ça ne va déjà pas être facile de parler avec Oncle Dele. Chadé espère qu'Oncle Tunde lui a tout expliqué au téléphone, et qu'il ne va pas leur poser de questions. Elle se sent incapable de mettre des mots sur les images atroces qui se sont imprimées dans sa mémoire.

– Salut ! Dites donc, les enfants, vous allez geler sur place !

C'est Je-Vois-Tout. Les dessins de son agbada leur jettent des coups d'œil de dessous un grand manteau noir assorti à son chapeau à larges bords.

– Ne vous inquiétez pas ! se dépêche de répondre la passeuse. Mon frère nous attend avec des anoraks. Vous savez, ils craignent moins le froid que moi, avec mes vieux os !

Elle rit et fait semblant de trembler dans son manteau de faux léopard.

– Ah bon ? s'étonne l'Américain. Eh bien, bonne journée !

Ni Chadé ni Femi ne lui répondent. Un peu surpris, il s'éloigne à grands pas.

Au contrôle des passeports, la plupart des voyageurs rejoignent la longue file sinueuse qui mène au panneau jaune vif indiquant en grosses lettres noires : « Autres passagers ». Mme Bankole entraîne les enfants dans la queue plus courte des « Ressortissants UE ». Chadé regarde les cabines vitrées où sont perchées des silhouettes en costume sombre.

– Yemi, prends ça et viens ! ordonne la passeuse en lui fourrant son vanity-case dans les mains.

Elle pousse les enfants vers un guichet et tend son passeport. En silence, Le-Regard examine le document et jette un coup d'œil sur le côté, où Chadé devine un écran d'ordinateur. Puis l'agent les dévisage brièvement à tour de rôle, comme s'il les photographiait. La fillette sent son estomac se nouer et, pour la première fois, elle s'inquiète. Cet homme est bien plus méfiant que Trois-Galons. Les autres voyageurs sont passés rapidement. Va-t-il leur poser des questions ? Dans ce cas, il ne sera pas long à découvrir la vérité. Et après ? Les renverra-t-on au Nigeria par le prochain avion ? La police de Lagos sera prévenue et se servira d'eux pour attraper Papa...

Femi se trémousse et tape des pieds, et Mme Bankole le fusille du regard. Chadé voudrait l'avertir du danger en pensée, pour ne pas attirer l'attention. Mais, perdu dans son propre univers, son frère se met à pivoter sur place comme un footballeur qui dribble.

– Ade ! s'énerve la passeuse.

Le policier se déride soudain :

– Tu t'entraînes pour la Coupe du monde ? lui demande-t-il en rendant le passeport.

– Merci bien ! s'exclame Mme Bankole, dont le visage s'éclaire.

La tempête est passée. Chadé constate avec étonnement qu'elle-même se détend, soulagée.

Une rampe mène au hall des bagages. Des valises, des colis et des sacs avancent sur des tapis roulants qui serpentent dans une sallc immense. Les gens s'agglutinent pour récupérer leurs affaires, poussant ou tirant des chariots. Le fourre-tout apparaît bientôt, suivi de la valise bordeaux.

Boutonnant son faux léopard luisant, Mme Bankole se dirige vers un panneau vert qui porte la mention « Rien à déclarer ». Chadé pousse le chariot. À côté d'elle, Femi traînasse. Devant une grande porte, des agents en chemise blanche et pantalon noir font face à une rangée de tables vides. Oncle Dele les attend-il de l'autre côté ? Scrute-t-il les visages, comme ils le faisaient à Lagos en allant accueillir quelqu'un avec leurs parents ? L'aéroport paraît si vaste. Si Oncle Dele s'est trompé de sortie, ça ne va pas être facile de se retrouver.

– Par ici, je vous prie.

Une petite femme aux lèvres rouge piment et aux cheveux jaune manioc coupés au carré leur fait signe :

– Veuillez ouvrir vos bagages, madame.

Femi se rapproche de Chadé, soudain intéressé.

– Mais... je n'ai rien à déclarer, répond la passeuse avec conviction.

Chadé se rappelle Béret-Noir, la veille au soir, et la façon dont Mme Bankole s'y est prise.

– Ouvrez vos bagages, je vous prie, insiste Lèvres-Piment.

Chadé remarque le pluriel. Est-ce qu'elle va aussi fouiller leur fourre-tout ? Mme Bankole s'apprête à soulever sa valise lorsqu'un homme aux traits durs comme la pierre s'avance et murmure quelque chose à l'oreille de la douanière.

– Par ici, s'il vous plaît, dit tranquillement celle-ci.

Mme Bankole hésite une fraction de seconde. Puis elle se redresse, relève le menton et étire fièrement son cou comme une paonne se préparant au combat. Elle n'est guère plus grande que la douanière, mais sa coiffe verte lui donne quelques centimètres de plus.

– Pourquoi donc ? fait-elle avec arrogance. Que se passe-t-il ?

– Services des douanes, répond Visage-de-Pierre sans élever le ton. Nous sommes autorisés à examiner vos affaires. Selon la loi, vous êtes...

– D'accord ! D'accord ! Faites votre boulot, mais dépêchez-vous. Mon mari m'attend.

Les enfants échangent un bref coup d'œil. C'est la première fois qu'ils entendent parler d'un mari.

Visage-de-Pierre ouvre la valise et Lèvres-Piment examine chaque objet. Le tas de tissus aux couleurs vives qui grandit peu à peu rappelle à Chadé le marché d'Alade. Il y a là une trentaine de bubas, des foulards et des châles, une colline de sandales en cuir, un monceau de bracelets gravés et d'anneaux en or. Tout est flambant neuf. Au moins, Lèvres-Piment travaille proprement. Pas comme les policiers qui ont confisqué le passeport de Papa. On dirait qu'elle cherche quelque chose de précis. Elle ouvre et renifle chaque flacon de la trousse de toilette.

Soudain, Chadé comprend. De la drogue, bien sûr ! Elle a entendu ses parents discuter de ce trafic, des gens pauvres qui se laissent tenter par l'argent qu'on leur promet. Papa a même écrit plusieurs articles à ce sujet. Mme Bankole passe-t-elle de la drogue comme elle passe des enfants ? Elle n'a pas l'air pauvre, pourtant. Que va-t-il leur arriver si Lèvres-Piment trouve quelque chose ? Non, Oncle

Tunde ne les aurait jamais laissés partir avec cette femme s'il la soupçonnait d'être mêlée à un trafic ! Chadé se mord nerveusement la lèvre, observant les douaniers qui travaillent en silence tandis que Mme Bankole, assise les bras croisés, attend sombrement qu'ils en aient fini.

– Que comptez-vous faire de tout ça ? Le vendre ?

La valise est vide et Lèvres-Piment montre les marchandises.

– Ce sont des cadeaux, réplique la passeuse avec un geste désinvolte. Pour la famille, les amis... Tout le monde veut un petit souvenir du pays.

L'autre lève les sourcils.

– Vous avez une famille très nombreuse, on dirait. Et beaucoup d'amis aussi, non ?

Sans attendre la réponse de Mme Bankole, Visage-de-Pierre désigne le fourre-tout.

– C'est vous qui avez fait ce sac ? demande-t-il doucement.

– Ce sont les enfants.

– Nous devons le fouiller.

Chadé passe son bras autour des épaules de Femi, qui se laisse faire.

– Oncle Dele va s'impatienter, chuchote-t-il à l'intention de sa sœur.

Leur petit tas de vêtements semble ridicule, comparé au monceau d'affaires de leur « mère ». Ne vont-ils pas trouver ça louche ? Mais non. Lèvres-Piment s'intéresse à l'aso-oke. Elle examine le petit sac assorti, pressant la doublure de satin entre ses doigts. Elle le tend ensuite à Visage-de-Pierre, qui le tripote avec ses gros doigts. Chadé voudrait leur crier d'arrêter, leur arracher l'objet des mains. Maman a mis tant d'amour et d'adresse à le lui coudre ! Et c'est la seule chose qui lui reste d'elle, désormais. Pourtant, elle se tait et pince les lèvres. Mais quand la femme brandit une paire de ciseaux, elle n'y tient plus :

– Non ! crie-t-elle. Ne l'abîmez pas ! S'il vous plaît !

Mme Bankole la retient par le bras.

– Dites donc, s'exclame-t-elle, agacée, vous avez tout vérifié. Qu'est-ce que vous voulez de plus ?

– Les parents se servent parfois de leurs enfants pour passer des substances illégales, déclare brutalement Visage-de-Pierre. Si vous n'avez rien à cacher, vous n'avez rien à craindre.

Toute tremblante, Chadé regarde Lèvres-Piment découper la doublure. On les retient encore une heure. Les douaniers n'ont rien trouvé, mais ils exigent que Mme Bankole acquitte une taxe pour ses souvenirs. Elle a beau se défendre comme une diablesse, elle doit finalement payer.

Quand ils débouchent enfin dans le hall des arrivées, il n'y a aucune trace d'Oncle Dele.

Victoria Station

« Victoria Station... Victoria Station... » Chadé se répète le nom de leur destination. Des immeubles, des rues, des toits, des câbles électriques, des arbres, un ciel couvert, et maintenant les murs sales d'un tunnel défilent derrière les fenêtres du métro. La ville semble gigantesque, on doit facilement s'y perdre. Pourquoi Oncle Dele n'est-il pas venu à l'aéroport ? Chadé a l'impression que des cordes se serrent autour de son estomac.

Les ennuis à la douane ont contrarié Mme Bankole, et l'absence de leur oncle a encore aggravé les choses, car elle est obligée de les conduire à son travail. Le prétendu M. Bankole ne s'est pas montré. La passeuse n'en a pas reparlé, mais elle a rouspété à la perspective de trimballer ses bagages – dont les enfants semblent faire partie – à travers tout Londres. En attendant le métro, à l'écart des autres passagers, elle les a prévenus d'une voix sévère : Surtout, ils ne doivent pas prononcer son nom. Jamais. Même s'ils sont obligés un jour avouer qu'ils sont entrés dans le pays en se faisant passer pour les enfants d'une autre. S'ils parlent d'elle, elle préviendra l'agent de Lagos, qui refusera d'aider leur père. Et ce dernier ne pourra pas les rejoindre.

Mme Bankole ne desserre pas les dents de tout le trajet, sauf pour leur ordonner de rester près d'elle quand ils changent de métro. À Victoria Station, Chadé l'aide à descendre sa grosse valise sur le quai. La passeuse s'élance aussitôt, tirant énergiquement son bagage, et la fillette est obligée de courir pour ne pas se faire semer. Femi traîne derrière avec leur fourre-tout.

– Dépêche-toi ! crie Mme Bankole. Ces douaniers nous ont mis en retard. Je dois rencontrer quelqu'un avant de prendre le 36 pour vous accompagner chez votre oncle.

Elle ne les appelle plus ni Yemi ni Ade. Dans son sillage, ils se frayent un chemin à travers la foule, empruntant des escaliers, des escalators et des couloirs tortueux jusqu'à la sortie.

– Plus vite !

Toujours suivie des enfants, Mme Bankole se dirige vers une aire de boutiques et d'étals située sous une haute halle. Tournant un coin, ils manquent de trébucher sur un jeune homme qui partage son sac de couchage avec un chien. Ils ont tous les deux le même visage allongé et étroit aux yeux effrayés.

– Vous n'auriez pas une petite pièce ?

Mme Bankole l'ignore. Des gens se pressent de tous côtés, tandis que d'autres regardent un gigantesque panneau d'affichage. La passeuse s'avance vers un café.

– Ouf ! soupire-t-elle. Il est encore là ! Attendez-moi ici, vous deux.

Un homme massif sort du bar, louvoyant entre les tables installées dehors. La passeuse se précipite vers lui. Son visage carré est surmonté d'une brosse plate qui descend en « V » sur son front. Il a l'air mauvais.

– Où tu étais passée ? demande-t-il, furieux. J'ai pas arrêté d'appeler l'aéroport ! Ton avion a atterri il y a quatre heures !

Il est Nigérian. S'agit-il de M. Bankole ?

– C'est la douane ! Je n'y suis pour rien. On a été fouillés.

– On ?

La femme hésite :

– Je vais t'expliquer. Mais d'abord, laisse-moi donner quelque chose à ces enfants.

– Qu'est-ce que ça veut dire ? aboie l'homme après les avoir longuement observés. Qui c'est ?

– Je t'ai dit que j'allais t'expliquer.

– Dans quoi tu t'es encore fourrée ? Tu es dingue ?

Mme Bankole glisse quelques pièces dans la main de Chadé et lui montre le café :

– Allez boire quelque chose. J'arrive tout de suite.

Elle les pousse à l'intérieur et se dépêche de rejoindre l'homme sur la terrasse. Femi fait la moue et s'approche du comptoir.

– Un coca, s'il vous plaît, et ça, dit-il à une dame aux joues roses et à la casquette blanche en montrant un gâteau au chocolat.

– La même chose pour moi, s'il vous plaît.

Aussitôt, Chadé regrette de ne pas avoir vérifié si ses cinq pièces suffiraient. Mais la serveuse s'est retournée et appuie déjà sur le levier d'une machine pour remplir deux gobelets.

– Quatre livres vingt, annonce-t-elle en poussant vers eux les boissons et les pâtisseries.

Cachant sa nervosité, Chadé lui donne tout son argent. Les doigts roses dansent sur les boutons de la caisse. Sans les regarder, la femme fait tinter quatre petites pièces argentées sur le comptoir. Ils emportent leur commande à une table. Quand Papa ou Maman les emmenaient au restaurant, les serveurs discutaient et plaisantaient souvent avec eux.

– C'est un robot ! souffle Chadé à son frère.

Mais Femi est trop concentré sur son gâteau pour lui répondre.

Dehors, la passeuse et Sale-Caractère se sont éloignés vers l'étal d'un fleuriste. Si cet homme est M. Bankole, il n'a pas l'air content du tout de retrouver sa femme. Chadé n'entend pas ce qu'ils se disent, mais à voir leurs gestes et l'expression de leurs visages, ils se disputent. De temps à autre, Mme Bankole jette un coup d'œil gêné en direction du café.

– Chadé ?

Femi a terminé son assiette et bu presque tout son coca.

– À ton avis, demande-t-il d'une toute petite voix, pourquoi Oncle Dele n'est pas venu à l'aéroport ?

Les cordes autour de l'estomac de la fillette se tendent un peu plus. La panique doit se lire sur ses traits, car son frère change aussitôt de sujet.

– Montre-moi leur argent, dit-il en tendant la main.

Elle lui donne une pièce et fait courir son index sur la tranche aux coins arrondis d'une autre. Sur une des faces, on voit une rose avec une couronne.

– C'est leur reine, déclare Femi.

– Elle vaut vingt pence, annonce Chadé. Ça veut dire qu'on en a quatre-vingts. Combien tu paries qu'elle va réclamer sa monnaie ?

Mais quand elle relève les yeux, Mme Bankole a disparu.

Abandonnés

Les deux enfants se précipitent dehors avec leurs bagages et scrutent la foule des yeux. Rien. Ils courent jusqu'au kiosque du fleuriste, regardent de tous les côtés. Rien.

– Qu'est-ce qu'on fait ? demande Femi, avec le même air médusé que les chèvres de Grand-Mère quand il jouait à les pourchasser.

– On va attendre au café. Elle s'est juste absentée quelques minutes, répond Chadé sans trop y croire.

Le-Robot nettoie déjà leur table. Il reste un peu de coca dans les gobelets.

– Je pensais que vous aviez terminé, ronchonne-t-elle avant de reposer les boissons.

Les enfants boivent lentement pour faire durer leurs cocas le plus longtemps possible. Assis près de la vitre, ils fixent la pendule, des fois que, par magie, celle-ci fasse réapparaître la passeuse. Ni l'un ni l'autre n'a envie de bouger. Au fond d'elle-même, Chadé sait que Mme Bankole les a abandonnés, emportant avec elle l'adresse du travail d'Oncle Dele. Dans le métro, elle a demandé à voir le papier et l'a mis dans son sac.

– Vous prenez autre chose ? demande la serveuse d'un ton revêche.

Ils sont là depuis un bon moment. Ils secouent la tête.

– Ce n'est pas une salle d'attente, ici. Allez patienter ailleurs !

À contrecœur, ils remettent leurs sacs à dos et ramassent leur fourre-tout.

– Il y a plein de places libres ! grommelle Femi, assez fort pour que Le-Robot l'entende.

Serrés l'un contre l'autre, ils errent dans la gare. Au café, ils ont réussi à oublier le froid, mais maintenant l'hiver les transperce. Quand ils atteignent la grande arche qui donne sur la rue, l'air se fait encore plus glacial. Entraînant son frère, Chadé va s'adosser à une vitrine. Ils sont perdus dans un puzzle gigantesque. À Lagos aussi, il y a plein d'immeubles, mais ils sont entourés de lumière et d'espace. Ici, ils sont collés les uns aux autres. Menaçants, ils dominent les trottoirs étroits comme une épaisse forêt de brique, de béton et de verre.

– Et si on ne trouve pas Oncle Dele ? s'inquiète Femi en tirant sur la main de sa sœur.

Il parle sur le ton plaintif qu'il avait tendance à utiliser avec leur mère.

– On sait où il travaille. Ne t'en fais pas ! répond-elle, se voulant rassurante.

Elle se rappelle le nom de l'établissement : École des Beaux-Arts de Londres, et c'est tout. Elle voudrait bien interroger quelqu'un, mais, encore blessée par l'accueil que leur a réservé la serveuse, elle hésite. Elle sort la monnaie de sa poche, histoire de vérifier si elle a toujours les quatre pièces.

– Il faut prendre un bus, dit-elle. Tu te rappelles ce qu'a dit Mme Bankole ? Le trente et quelque.

Femi n'en a aucune idée. Deux véhicules à impériale tournent lourdement au coin de la rue pour s'arrêter un peu plus bas. Est-ce l'un d'eux ? Un autre passe en grondant. Ou plutôt celui-là ? Si seulement ils avaient un indice ! Un 36 arrive, aussitôt suivi d'un 38. Chadé s'en veut de n'avoir pas été plus attentive.

Et d'ailleurs, quatre-vingts pence suffiront-ils à leur payer un ticket ? En tout cas, ils n'ont pas droit à l'erreur.

– Il va falloir demander, annonce-t-elle à Femi.

La plupart des passants regardent droit devant eux, comme s'ils visaient un point à l'horizon. Chadé déglutit et prépare ce qu'elle va dire. À défaut de croiser un regard, elle va devoir attirer l'attention d'une autre façon. Une dame approche, vêtue d'un long manteau noir élégant et coiffée d'un chapeau assorti qui fait penser à un turban. Ses hauts talons lui donnent une démarche un peu plus lente. Rassemblant son courage, Chadé s'avance :

– Excusez-moi...

Aussitôt, la femme a un mouvement de recul, agitant son gant comme pour se défendre.

– Non ! Je n'ai rien ! crache-t-elle sans regarder la fillette.

Et elle poursuit son chemin. Chadé recule lentement, avec l'impression d'avoir été giflée.

– Quelle malpolie ! s'écrie Femi.

La dame a dû la prendre pour une mendiante. Que disait Maman, déjà ? « Le mendiant est ami de la patience. » Mais le plus terrible, c'est que Mains-Gantées semblait craindre d'attraper une maladie en lui parlant. Ils ne mendiaient pas ! Ils voulaient juste savoir comment se rendre au travail de leur oncle.

– Essaye celui-là, murmure Femi en montrant un homme avec un attaché-case.

La fillette respire un grand coup et se jette à l'eau. En vain. Les personnes suivantes ne la repoussent pas, mais répondent précipitamment.

– Non. Désolé. Jamais entendu parler.

– J'en sais rien, chérie.

Certains se contentent de secouer la tête. Chadé commence à désespérer quand une voix lui demande :

– Je peux t'aider ?

Un jeune homme aux longues tresses jaunes, sac à dos à l'épaule, l'a entendue interroger les passants.

– Prenez le 36, explique-t-il en souriant. Juste là. Demandez au chauffeur de vous indiquer l'arrêt. L'école est sur le boulevard, vous ne pouvez pas la rater.

Chadé le remercie et tente de lui rendre son sourire, mais son visage est figé par le froid.

Les yeux du chauffeur sont chaleureux. Il pourrait être nigérian, mais Chadé ne reconnaît pas son accent. Il a des intonations chantantes, comme si ses mots cherchaient à s'envoler.

– Les Beaux-Arts ? Ils prennent des étudiants aussi jeunes ?

Il rit de sa blague et enfile les quatre pièces dans une machine qui recrache deux tickets. Ils avaient juste la somme nécessaire. Pas de monnaie. Chadé agrippe la rampe métallique.

– Vous pourrez nous dire où descendre, s'il vous plaît ?

Elle fait des efforts pour que sa voix ne tremble pas.

– Ne t'inquiète pas ! répond le chauffeur en se réinstallant derrière son volant.

Ils traversent un vaste pont et, l'espace de quelques secondes, se retrouvent dans le paysage d'une carte postale qu'Oncle Dele leur avait envoyée – Big Ben surplombant le Parlement. Ils avaient posé la carte sur le buffet, juste à côté de la petite radio sur laquelle, tous les matins, Papa écoutait BBCI, le service international de la BBC. Le silence était alors de règle. Si Chadé ou Femi commençaient une phrase, Maman mettait aussitôt son doigt sur ses lèvres.

Hier encore, avant que leur univers ne bascule, le rituel avait été respecté. Et maintenant, ils sont dans un bus, à un pont seulement du vrai Big Ben, à des milliers de kilomètres de la maison et des leurs... de Maman. Jamais plus elle ne leur demandera de se tenir tranquilles pendant les informations. Jamais.

Une douleur aiguë s'empare de Chadé, pour qui plus rien ne semble réel, et surtout pas ces images qui défilent derrière les fenêtres du bus. Elle a soudain l'impression d'être entrée par erreur dans un décor de cinéma en carton-pâte. Tout le problème étant comment en sortir.

Mais ils vont retrouver Oncle Dele. Lui, au moins, il vient de leur monde. Il va s'occuper d'eux.

– École des Beaux-Arts de Londres, chantonne le chauffeur.

Ils descendent. Face à eux, des marches en pierre grise mènent à de grandes portes vitrées. Derrière une fenêtre du rez-de-chaussée, assis à de longues tables, des étudiants travaillent à des statuettes en argile. Le fourre-tout entre eux, Chadé et Femi grimpent les escaliers et poussent la lourde porte.

– Vous désirez ?

Une femme brune soigneusement coiffée se tient à la réception.

– Nous cherchons le docteur Solaja, s'il vous plaît, dit Chadé sur un ton qu'elle espère posé.

– Il vous attend ?

– On ne sait pas ! laisse échapper Femi.

Toute-Proprette les regarde avec curiosité avant de répondre :

– Je ne l'ai pas vu aujourd'hui. En fait, ça fait un moment que je ne l'ai pas aperçu. Je vais interroger son département.

Elle attrape un téléphone :

– Une semaine ?... Ah, quelques jours seulement... La police ? Qu'est-ce qu'ils ont dit ?

La femme a parlé à voix basse, mais le hall est si calme que les enfants entendent tout. Ils s'attendent au pire. Elle repose le combiné et paraît décontenancée, mais elle se ressaisit :

– Le docteur Solaja est absent depuis la semaine dernière, annonce-t-elle.

– Où est-il ? demande Chadé.

– Eh bien, il n'a pas téléphoné et, apparemment, personne ne décroche chez lui. Ça ne lui ressemble pas. La police a été prévenue.

Chadé et Femi se regardent anxieusement. La réceptionniste les dévisage avec un intérêt grandissant.

– Comment connaissez-vous le docteur Solaja ? C'est un ami, un parent ?

– C'est notre..., commence Femi.

– Ami, l'interrompt sa sœur. Un ami de la famille. Vous avez son adresse ?

– Nous ne donnons pas d'informations personnelles sur nos employés. Mais si vous voulez rencontrer quelqu'un de son département...

Se penchant vers eux, sourcils légèrement froncés, elle ajoute :

– Il pourra peut-être vous aider.

– On doit partir, réplique vivement Chadé. Merci.

Avant que Toute-Proprette ait pu ajouter un mot, elle a tourné les talons, remorquant Femi. Ils s'arrêtent en bas des marches et restent plantés là, frissonnants, sous un arbre aux branches dénudées, tandis que l'air froid les enveloppe de ses longs doigts glacés. Autour d'eux, les troncs d'arbres tachetés de gris kaki qui s'alignent le long du boulevard font penser à des soldats en treillis camouflage.

– Je veux Papa..., pleurniche Femi. Et Maman aussi.

Chadé lui passe un bras autour des épaules. Les larmes qu'elle aurait voulu verser ont gelé.

Voleurs et casseurs

Mieux vaut marcher. Essayer de trouver un abri. L'horloge des Beaux-Arts indique seize heures trente, mais le ciel s'obscurcit rapidement, et des lumières s'allument peu à peu. Les flaques jaunes des réverbères, les phares des voitures, les habitacles illuminés des bus et les néons des enseignes remplacent progressivement la lumière grise du jour.

Chadé et Femi restent sur le boulevard, évitant les rues transversales, trop petites, trop calmes. Jamais on ne leur aurait permis de déambuler ainsi à Lagos. Mais ils sont à Londres, complètement perdus. Sans Oncle Dele, ils sont vraiment livrés à eux-mêmes. Si on leur demande d'où ils viennent et ce qu'ils font ici, que répondront-ils ? Comment justifieront-ils leur présence en Angleterre ? Ils ne devraient pas être là. Ils ont menti, ils ont trompé Le-Regard. Ces pensées terrifient Chadé. Femi commence à traînasser.

– Où on va ? grogne-t-il.

– Je ne sais pas. On va peut-être trouver un endroit.

Quand ils s'arrêtent, le vent glacial transperce encore plus leurs minces vêtements. Les passants portent d'épais manteaux, des chapeaux, des foulards et des gants. Tous ont l'air pressés. Les gens rentrent chez eux sans les remarquer. À croire qu'ils sont invisibles.

Ils parviennent devant une enfilade de boutiques. Femi tire sur la poignée du fourre-tout.

– Tu sens, Chadé ? demande-t-il en l'entraînant vers une odeur de poisson frit.

Elle aussi a faim, maintenant. Derrière une grande baie vitrée, des gens font la queue le long d'un comptoir. Un homme en casquette secoue un panier de frites. Mais contempler ce spectacle ne fait que les affamer davantage. Un peu plus loin, ils tombent sur un bistrot à rideaux et nappes de vichy rouge. Un serveur apporte deux assiettes remplies d'une espèce de ragoût et de riz à un couple assis près de la vitrine. Relevant les yeux, l'homme fronce les sourcils et secoue la tête. Gênés, les enfants se détournent. Quand un client sort du café, une bouffée d'air chaud mêlé d'arômes les enveloppe. Combien de temps vont-ils tenir ainsi, sans nourriture, sans argent ?

Ils arrivent devant un magasin où s'empilent des patates douces et des ignames. Derrière la vitrine s'amoncellent des sacs de riz et de *gari*[1]. Incapables de résister à la tentation, ils entrent. La boutique sent comme à Lagos. Les épices, les huiles, le poisson séché et les légumes frais s'entassent sur des étagères pleines à craquer. Des bouteilles et des conserves se livrent à de périlleuses acrobaties, exactement comme sur l'étal de M. Abiona.

– Des chips de plantain ! chuchote Femi.

Il approche un paquet enveloppé de cellophane de son nez, avant de le reposer lentement.

Ils déambulent dans les allées étroites, prenant leur temps pour examiner les produits. Ils resteraient

1. Racine végétale rappelant le manioc.

bien volontiers encore un peu au chaud, mais le commerçant devient soupçonneux.

– Vous cherchez quelque chose ? leur demande-t-il, peu aimable.

Ils hésitent.

– Si vous attendez quelqu'un, allez le faire dehors ! ajoute l'homme d'un ton sans réplique.

Chadé sent le sang lui monter aux joues. Il les prend pour des voleurs ! Bien sûr qu'ils veulent quelque chose ! À manger. Mais elle ne se voit pas répondre : « Des chips de plantain, s'il vous plaît. Sauf que nous n'avons pas de quoi les payer. »

Femi lance d'une voix forte :

– Il n'y a rien de bon, ici. Ce n'est pas comme à Lagos. Viens, Chadé, on trouvera un autre magasin.

Rajustant leurs sacs à dos, les enfants se redressent et sortent. Ni l'un ni l'autre ne regarde le marchand, mais les paroles d'une cliente les poursuivent à l'extérieur : « C'est à se demander comment leurs parents les élèvent, n'est-ce pas, monsieur Mills ? »

Des voitures sillonnent l'avenue, mais les piétons se font de plus en plus rares. Chadé et Femi doivent trouver un lieu où se mettre à l'abri du froid. Une cachette pas trop sombre. Ils n'auront qu'à utiliser en guise de couvertures les serviettes de toilette que Maman Buki a glissées dans leurs sacs. Ils se mettent en quête d'une boutique en retrait du trottoir, sans volet métallique pour en interdire le seuil. À un carrefour, ils hésitent à quitter le boulevard, mais y renoncent : il est moins désert, moins effrayant. Un pâté de maisons plus loin, Femi attire Chadé dans une ruelle qui court entre deux immeubles.

– Je n'en peux plus, pleurniche-t-il.

Chadé inspecte les alentours. Il fait trop noir pour qu'on y voie très loin. L'odeur d'humidité lui rappelle les égouts à ciel ouvert du marché d'Alade après une averse. La perspective de passer la nuit ici est épouvantable, mais sans attendre son avis, son frère balance le fourre-tout dans l'allée et s'y pelotonne comme un escargot.

– Femi, je t'en prie...

Elle s'interrompt. Une ombre vient de surgir de la ruelle, le visage dissimulé sous une casquette.

– Fichez le camp ! C'est mon coin !

Terrifié, Femi saute sur ses pieds et se précipite vers sa sœur. L'homme en profite pour ramasser le fourre-tout.

– Tirez-vous ! Tout ce qui est ici m'appartient, gronde-t-il comme un vieux lion qui défend son territoire.

Comprenant qu'ils ne récupéreront pas leurs affaires, ils se mettent à courir. Le clochard ne les poursuit pas, mais la terreur les chasse le long du boulevard mal éclairé. Ils sont hors d'haleine quand ils atteignent la seule boutique encore allumée. Des affiches de films sont collées sur la vitrine, à côté d'un panneau annonçant que le magasin ferme à vingt-trois heures. Haletants, les enfants poussent la porte et se dirigent vers le mur le plus éloigné de la caisse. Ils mettent quelques minutes à retrouver leur souffle. Autour d'eux, les étagères proposent des cassettes vidéo. Indifférente aux James Bond, Superman et autres héros, Chadé est hantée par le Dark-Vador-des-Ruelles qui a surgi pour leur voler leurs affaires. Que va-t-il en faire ? Que va devenir le magnifique aso-oke et son sac à la doublure découpée ? Le précieux cadeau n'a survécu aux ciseaux des douaniers que pour finir entre les mains d'un étranger dans une allée répugnante. Mais dans quel endroit sont-ils donc tombés ?

Femi donne un coup de coude à sa sœur et désigne du menton le commerçant, qui les observe.

– Vous avez besoin d'un coup de main ? demande-t-il, glacial.

Chadé serre les lèvres. Que pourrait-elle répondre ? Ce dont ils ont besoin, l'homme ne peut le leur procurer. Maman l'aurait compris, résumant leur situation par l'un de ses proverbes : « La meilleure casserole est incapable de faire à manger toute seule ! » Ça oui ! Ils ont besoin d'aide !

– Je vous ai posé une question ! reprend Vidéoman en haussant le ton.

Chadé hésite, puis tend la main à son frère.

– Viens, murmure-t-elle en se dirigeant vers la sortie.

Mais, au même instant, la porte s'ouvre violemment et quatre garçons font irruption dans le magasin. Équipés de lunettes de soleil et de bonnets de laine rabattus sur le front, ils se mettent à renverser les étagères et à bourrer les présentoirs de coups de pied, tout en hurlant et en jurant. Transis de peur, les enfants se recroquevillent dans un coin, mais les casseurs les ignorent. Vidéoman a saisi son téléphone et prévient la police d'une voix rauque. Quand il soulève enfin le battant de son comptoir pour chasser les intrus, ceux-ci s'enfuient.

– Ça t'apprendra à embêter nos copains ! braille le dernier.

Sur ces mots, il boxe l'air comme s'il venait de marquer un but. Une seconde plus tard, la vitrine se lézarde dans un craquement sonore. Chadé et Femi sont figés sur place, tétanisés. D'abord le Dark-Vador-des-Ruelles, et maintenant cela ! Paniquée, Chadé attrape son frère par la main et fonce vers la porte. Il faut filer avant l'arrivée de la police. Mais Vidéoman est plus rapide qu'eux. Il verrouille la porte et fait tomber la clé dans sa poche.

– Vous n'allez pas vous en tirer comme ça ! crache-t-il, rouge de colère. Vous êtes leurs complices. Ils vous ont envoyés me distraire pour que je ne les voie pas arriver. Eh bien, vous raconterez ça aux flics !

Service-Service et Regard-Froid

On entend un grand chambardement au portail. Toute la famille a fini de dîner, et ils sont en train de regarder la télévision. Papa se précipite à la fenêtre, écarte le rideau et jette un coup d'œil à travers les barreaux. Il fait sombre, mais des lueurs clignotent dans la rue.

– Police ! Ouv'ez !

– Oh, mon Dieu ! Qu'est-ce qu'ils veulent, cette fois, Folarin ? demande Maman en agrippant le bras de Papa.

– Ouv'ez ou on casse ce po'tail !

Papa appelle Joseph, puis traverse la cour à grandes enjambées. Silencieux et tendus, Chadé et Femi observent la scène. Maman les tient par les épaules.

– Prouvez-moi votre identité et montrez-moi votre mandat, exige Papa d'une voix forte.

Comment fait-il pour rester si calme ?

– Tu c'ois que je 'igole ? Ouv'e tout de suite !

– Je ne plaisante jamais avec ces choses-là, et je respecte la loi, dit Papa. Si votre mandat est officiel, je vous ouvrirai.

Chadé serre la main de sa mère.

– Qu'est-ce qu'ils veulent, Maman ? demande Femi en pleurant. Qu'est-ce qu'ils vont faire à Papa ?

*Et eux, que va leur faire la police ? Cette question h*ante Chadé, tapie près de la vitrine fendue. Malgré leurs supplications, Vidéoman a refusé de les laisser partir. Soufflant comme un bœuf, il maudit les casseurs, et aussi les flics qui ne se pressent pas.

Les policiers finissent pourtant par arriver, précédés par une sirène et une violente lumière bleue. Les mains tremblantes, le commerçant se débat avec ses clés. Puis il s'écarte pour laisser passer un homme et une femme, qui entrent en regardant calmement tout autour d'eux. Comparé à sa collègue coiffée d'une toque, le policier semble immense sous son casque noir pointu.

Vidéoman débite son histoire d'une voix furieuse, tandis que les agents l'écoutent, les bras croisés. Le regard de l'homme est froid et impassible, et quand il se pose sur elle Chadé se sent clouée sur place.

– Et maintenant ? interroge brutalement le marchand quand il a fini.

– Pouvez-vous nous dire ce que ces deux-là ont cassé ? demande le policier.

– Je viens de vous le dire ! éructe le type, l'écume aux lèvres. Ils étaient là pour détourner mon attention. Il n'y a qu'à voir comment ils se regardaient. Et trois des voyous étaient noirs, comme eux !

– Mais qu'ont-ils fait exactement ? Est-ce qu'ils ont provoqué des dégâts ?

Regard-Froid montre le désordre et la vitrine abîmée. Prenant les enfants à part, la femme sort un stylo et un calepin de sa poche.

– Il me faut votre nom, celui de vos parents et votre adresse. Tiens, on commence par toi, fait-elle en levant un sourcil vers Chadé.

La fillette reste muette. Le stylo est suspendu en l'air.

– Tu me comprends ? demande la policière plus lentement et plus fort.

Chadé regarde le calepin. Service-Service se tourne alors vers Femi :

– Bon, toi alors. Ton nom ?

Le petit garçon garde les yeux rivés sur ses pieds.

– Où sont vos parents ? Comment s'appellent-ils ?

La voix s'est faite coupante. Soudain, Chadé a l'impression que son cerveau a planté, comme l'ordinateur de Papa. Quand ça arrivait, il avait beau taper sur n'importe quelle touche, rien ne se produisait.

– Est-ce qu'ils parlent anglais, au moins ? intervient Regard-Froid.

– Très bien ! assure le commerçant. Je les ai entendus.

Le policier les domine de toute sa taille.

– Écoutez, si vous n'avez rien à vous reprocher, vous n'avez aucune raison d'avoir peur.

Après avoir lu le mandat, Papa ordonne à Joseph de déverrouiller le portail. Des hommes en uniforme kaki et béret noir s'engouffrent dans la cour et encerclent leur père. Maman laisse échapper un petit cri.

– Restez ici ! ordonne-t-elle aux enfants.

Elle se précipite. Le temps qu'elle arrive sur le perron, la police a déjà entraîné Papa dans la rue.

– Où l'emmenez-vous ? crie Maman.

Chadé entrevoit la chemise blanche au milieu des uniformes kaki qui poussent son père à l'arrière du camion. Personne ne répond. Les enfants se ruent dehors à leur tour. Quand ils rejoignent Maman, le camion dévale l'avenue en rugissant.

Jamais Chadé n'a eu aussi froid. Elle est gelée, au-dedans comme au-dehors. Les personnes qui l'entourent deviennent floues : Vidéoman, fou de rage, la bouche écumante comme la gueule du vieux chien de leurs voisins ; Service-Service, le front plissé, comme sa maîtresse d'école, Mlle Okoya, quand un élève désobéissait ; Regard-Froid et ses yeux verts inquisiteurs, aussi pâles que des amandes émondées. Les policiers s'éloignent vers le comptoir pour discuter à voix basse.

– Si vous refusez de nous dire qui vous êtes et où vous habitez, déclare sèchement la femme en revenant vers eux, nous devrons vous conduire dans un foyer.

– Quoi ? beugle Vidéoman. Vous n'allez pas les arrêter ? Les obliger à livrer leurs complices ?

– On n'a pas assez de preuves, répond le policier.

– Bande d'inutiles ! grommelle le commerçant en leur tournant le dos.

– Venez, vous deux ! ordonne Service-Service en montrant la porte. On vous emmène au poste. On va avertir les services sociaux. Ils ont une permanence en cas d'urgence.

Le cerveau de Chadé plante de nouveau.

État d'urgence

Des photographies sont éparpillées sur le bureau de Papa. Il les a rapportées pour les montrer à Maman. Il est rentré tard, cette nuit. Ses parents ne remarquent pas Chadé, qui se glisse furtivement dans la pièce.

– Comment peuvent-ils massacrer des enfants, Folarin ? dit Maman, qui pleure en silence.

Sur la photo qu'elle tient, on voit des cadavres gisant dans l'herbe. Elle en prend une autre : le corps d'un garçon affaissé dans un escalier, les bras tendus, comme s'il essayait de monter les marches.

– Où ça s'est passé ? Où était-il ?

– Devant la bibliothèque.

Maman secoue la tête, incrédule.

C'est l'université où ils ont fait leurs études. Papa s'est rendu là-bas pour couvrir les « troubles estudiantins », comme les appellent les autorités.

Les élèves avaient organisé une grande manifestation qui avait débuté dans le bruit et l'anarchie, mais sans violence. Ils comptaient marcher sur le centre-ville. Leurs banderoles disaient : « Généraux, fichez le camp ! Organisez des élections ! Le Nigeria veut une presse libre ! Libérez les prisonniers politiques ! » Mais avant même qu'ils aient quitté le campus, un convoi de camions militaires avait surgi, bourré de soldats. Ces derniers s'étaient déployés comme un essaim de mouches et avaient commencé à tirer. Sans avertissement.

Figée, Chadé écoute Papa raconter à Maman ce qu'il a vu. Ces derniers temps, il n'est presque jamais à la maison. Des bruits courent sur les atrocités que l'armée commet à l'encontre des étudiants. Certains journaux ont trop peur pour en parler, d'autres ont été interdits. L'hebdomadaire de Papa, lui, change de bureaux tous les jours, jouant au chat et à la souris avec les militaires. Papa affirme que les autorités essaient de se convaincre que tout va bien, et aussi de le faire croire au monde entier. Pourtant, c'est l'état d'urgence.

Deux jours après la publication des photos et de l'article, la police avait embarqué Papa.

Deux colis sans adresse

– Voici la personne des services sociaux, annonce Service-Service.

Nerveux, les enfants ont attendu longtemps dans une petite pièce. Un jeune homme roux à queue de cheval entre et les dévisage, le visage grave, mais bienveillant.

– Bonjour ! Je m'appelle Robert, se présente-t-il avec un signe de tête. J'aimerais que vous veniez avec moi. Vous avez besoin d'une bonne nuit de sommeil, continue-t-il d'une voix douce. Je vais tâcher de vous trouver un endroit tranquille, d'accord ?

Chadé regarde son frère. Ils n'ont pas ouvert la bouche depuis que la police est entrée dans le magasin de vidéo. En montant dans la voiture de patrouille, Femi s'est raidi comme un bloc de bois. Depuis, il évite les yeux de sa sœur, mais elle devine qu'il est prêt à la suivre. Elle lui tapote la main, se lève et, sans un mot, se dirige vers la porte. Elle n'essaie même pas de savoir où on les conduit. Dehors, tout est étrange et menaçant : le Dark-Vador-des-Ruelles, les casseurs, Vidéoman, la police qui les emmène parce qu'ils ne peuvent avouer ni leur nom ni leur adresse. Chadé sait que ces questions se présenteront de nouveau. En attendant, ils sont comme deux colis sans adresse : on peut les expédier n'importe où.

La voiture s'arrête devant un immeuble bas, coincé entre deux tours. La plupart des appartements sont plongés dans l'obscurité ; seuls les halls et quelques fenêtres brillent encore. Les enfants suivent Robert-la-Crinière le long d'un couloir désert, jusqu'à un bureau meublé d'une table couverte de papiers et d'un ordinateur. Il y a aussi quelques chaises confortables et un coffre à jouets dans un coin.

Le jeune homme leur fait signe de s'asseoir. Quand il leur propose une boisson chaude, Chadé et

Femi hochent timidement la tête, et il se contente de cette réponse. Il se retire ensuite dans une pièce voisine pour téléphoner. La fillette perçoit des bribes de conversation, mais elle perd vite le fil. Son frère, déjà à moitié endormi, s'est roulé en boule autour de son sac à dos posé sur ses genoux.

Après avoir siroté son chocolat, Chadé ferme les yeux. Robert la réveille en la secouant doucement. Il lui parle d'une dame qui accepte de les accueillir.

– C'est temporaire. Mme Graham a un fils, et elle s'occupe déjà de jumeaux. Vous partagerez leurs chambres. C'est pas le Pérou, mais vous serez bien, là-bas. Le temps que l'on trouve la meilleure façon de vous aider. D'accord ? Vous êtes prêts à me suivre ?

Se lever leur demande un effort immense. Chadé aurait préféré rester dormir dans ce bureau, avec son chocolat chaud, les jouets et les papiers éparpillés sur la table. L'idée d'aller chez cette dame l'effraie ; celle de se retrouver dans la chambre d'inconnus, encore plus. Elle devine que Femi partage ses craintes. Tête basse, il se met debout avec difficulté. Il semble avoir encore plus de mal à se bouger que Baba Akin, quand il déplaçait ses vieux os, là-bas, dans la Maison de famille.

– Je sais que ce n'est pas facile, mais tout va bien se passer.

Robert-la-Crinière tâche de les rassurer. Toujours muets, ils le suivent dehors. La voiture ressemble à un vaisseau spatial qui les emporte vers une destination inconnue. Elle s'arrête devant une immense barre d'habitations bordant une rue presque déserte.

Le halo trouble des réverbères et des veilleuses dans les vestibules étroits fait naître des ombres sinistres. Comme l'ascenseur est en panne, ils empruntent un escalier faiblement éclairé, où flotte une épouvantable odeur d'urine.

– Attention où vous mettez les pieds, prévient Robert. Il y a des morceaux de verre partout.

Femi se rapproche de sa sœur. À Lagos, on trouve des immeubles aussi sales et délabrés que celui-ci, mais ils n'ont jamais eu l'occasion d'y entrer. Leur famille et leurs amis vivaient dans des maisons individuelles, pour la plupart spacieuses et entourées de jardins plantés d'arbres et de fleurs. Chadé ne se rappelle même pas avoir parlé avec ses parents des gens qui logeaient dans ces appartements repoussants et surpeuplés. Elle soupçonnait juste qu'ils étaient très pauvres.

Où donc les conduit Robert-la-Crinière ? Au cinquième, il bifurque et frappe doucement à la porte 59. Une petite femme blanche bien en chair leur ouvre. Ses cheveux gris souris, rejetés en arrière, sont maintenus par un bandeau rose.

– Voici Mme Graham, annonce Robert.

– Entrez vite, il gèle dehors ! s'exclame celle-ci en guise de bienvenue.

Ils pénètrent dans une pièce étroite encombrée d'une table, d'un canapé et de fauteuils. Tout paraît propre, contrairement aux escaliers. C'est toujours ça.

– Robert me dit qu'il ne connaît pas vos prénoms, continue la femme. Comment va-t-on se débrouiller ?

Les enfants ne répondent pas.

– Bon, eh bien, on s'en occupera plus tard !

– Ils sont claqués, fait remarquer le jeune homme. Un collègue de la brigade des mineurs passera demain.

– Ils ont dû en voir de belles ! Je vais les coucher tout de suite. Kevin ?

Un garçon de l'âge de Chadé s'extirpe du canapé en simili-cuir, où il regardait la télévision. Il soupire bruyamment et s'approche en traînant les pieds.

– Je vous présente mon fils Kevin.

Chadé dévisage la mère souriante et le fils renfrogné. Leur ressemblance est frappante. Le garçon a les joues rebondies et le front étroit de

Mme Graham, mais ni sa peau pâle ni ses yeux verts. Il est métis, probablement, et ses cheveux courts sont noirs et bouclés. Un instant, Chadé se demande s'il y a aussi un M. Graham. Robert-la-Crinière n'en a pas parlé.

– Emmène ce jeune homme dans ta chambre, Kevin, lui ordonne sa mère. Donne-lui le lit du bas. Tu prendras celui du haut. Par la même occasion, montre-lui la salle de bains.

Le visage du garçon exprime une vive contrariété :

– Pfff ! C'est toujours sur moi que ça tombe ! Pourquoi tu le mets pas avec les jumeaux ?

– La petite dormira avec eux. Ils sont déjà serrés comme des sardines, dans cette chambre ! Allez, obéis !

Contrarié, l'adolescent fait claquer sa langue et marmonne dans sa barbe. Voyant son frère serrer les mâchoires, Chadé craint un instant qu'il ne veuille pas le suivre. Mais Femi est si fatigué qu'il lui emboîte le pas sans protester. Dix minutes plus tard, quand Mme Graham lui indique un lit de camp, Chadé remarque à peine les deux petites silhouettes déjà couchées. La femme lui tend un T-shirt trop grand.

– Bonne nuit ! Tiens, tu peux mettre ça comme pyjama si tu n'en as pas.

Chadé est tellement épuisée que le simple fait de retirer ses chaussures, de s'allonger et de rabattre la couverture sur elle a raison de ses dernières forces. Le T-shirt glisse sur le plancher. Inutile.

À quoi mène la vérité

Quand Chadé se réveille, des Mickey et Minnie noir et blanc dansent sur les rideaux bleu fané qui laissent filtrer une lumière triste. L'espace de quelques secondes, elle se demande où elle est, où sont passés les tentures jaune tournesol et les rayons dorés du soleil qui l'invitent d'habitude à commencer une nouvelle journée. Un air froid lui pique le nez et les joues. La chambre est silencieuse. La fillette roule sur elle-même, et son lit couine. Des couettes chiffonnées assorties aux rideaux gisent sur les autres lits. Mme Graham a dû partir avec les jumeaux.

Chadé se perd dans la contemplation de Minnie et son ruban rose, et de Mickey souriant avec son nœud papillon bleu. Il va y avoir d'autres questions, aujourd'hui. Noms, parents, adresse. Ce qu'ils font ici, comment ils sont arrivés, s'ils ont de la famille... Chadé s'efforce de mettre de l'ordre dans ses idées. Hier, ils se sont affolés comme des papillons enfermés dans un bocal. Si Papa les avait vus, il aurait appuyé son visage contre le verre en leur conseillant de réfléchir.

« Ne te précipite pas ! Rappelle-toi les enfants qui se sont aventurés seuls dans la forêt. En rencontrant le petit tambour, ils auraient dû s'arrêter. Au lieu de ça, ils ont sauté par-dessus et se sont enfoncés plus avant. Le tambour moyen a essayé de les prévenir lui aussi, mais ils l'ont contourné en riant. Et quand ils ont trébuché sur le gros tambour... le tambour mangeur, il était trop tard ! Il les a avalés tout rond. C'en serait fini d'eux si, par bonheur, leur mère n'était venue les sauver. »

Toi, ta mère ne peut plus rien pour toi.

Pour l'instant, leur père est tout aussi impuissant à les secourir. Ignorant quand il les rejoindra, ils vont devoir trouver quelque chose à raconter. « La vérité laisse les mains plus propres que le savon », disait Maman. Peut-être. Mais on a vu à quoi ont mené les vérités que Papa a écrites dans son journal.

Chadé enfouit sa tête dans l'oreiller. Qui va venir les questionner ? Service-Service ou Regard-Froid ? À cette pensée, elle tressaille. Ou peut-être l'homme des services sociaux, avec la queue de cheval. Comment s'appelle-t-il, déjà ? Robert ?

Mais c'est une autre personne qui, plus tard dans la matinée, vient s'asseoir sur le canapé et se met à les dévisager. Mme Graham a insisté pour leur prêter des survêtements de son fils, craignant qu'ils n'attrapent un rhume. Kevin est à l'école, et ils ne sont pas pressés de le voir rentrer. C'est déjà assez pénible de devoir porter les affaires d'un étranger, sans en plus supporter ses regards hostiles !

La nouvelle venue leur sourit. Ses sourcils arqués comme des oiseaux en vol rappellent à Chadé son Iyawo. Elle a le même regard impassible. Si la tête sculptée prenait vie et que ses tresses d'ébène, plutôt que relevées en couronne, tombaient sur ses épaules, elle ressemblerait sûrement à cette femme à la peau d'un brun doux et onctueux.

La sœur jumelle d'Iyawo se présente : Jenny, de la brigade des mineurs. Robert lui a déjà expliqué la situation. Ils voudraient bien se rendre utiles, mais il doivent pour cela en savoir un peu plus sur les enfants. Et pour commencer, elle aimerait connaître leurs prénoms. Le cœur de Chadé bat la chamade. Jenny-Iyawo a l'air gentille, mais peut-elle lui faire confiance ? C'est la police qui les a confiés à Robert-la-Crinière. Tout ce qu'ils vont dire risque de revenir aux oreilles des policiers. S'ils transmettent ces informations au Nigeria, les Bérets-Noirs de Lagos découvriront que les enfants de Folarin Solaja se sont enfuis en Angleterre, et ils surveilleront l'aéroport pour l'attraper.

– Vous parlez anglais, n'est-ce pas ?

C'est si gentiment demandé que ne pas répondre serait vraiment impoli. Chadé opine.

– Bien. Robert a eu l'impression que vous le compreniez, en effet. N'ayez pas peur. On veut juste vous aider. Vous vous êtes enfuis de chez vous ?

Ni Chadé ni Femi ne lèvent les yeux.

– Écoutez, si vous craignez que vos parents soient fâchés, on peut essayer d'arranger ça.

Plus Jenny-Iyawo parle, plus Chadé a le vertige. Femi tape nerveusement du pied. Ils ne pourront pas se taire indéfiniment, et ils ont besoin d'un coup de main pour retrouver Oncle Dele. Mais que dire sans se mettre en danger ?

– Vous préférez peut-être écrire ? propose l'assistante sociale en tendant son calepin et son stylo.

Chadé hésite à les prendre ; elle voudrait bien savoir ce qu'en pense Femi, mais celui-ci refuse obstinément de la regarder. Il a l'air aussi perdu en lui-même que dans son survêtement trop grand. Pour les prénoms, il faut céder. Tôt ou tard, on les y forcera, et cette femme est nettement moins effrayante que les policiers. Consciente d'être observée, la fillette écrit soigneusement « Chadé » et « Femi ». Jenny-Iyawo se penche pour voir.

– Comme c'est joli ! Peux-tu ajouter votre nom de famille ?

En rougissant, Chadé inscrit « Adewale ». Les baskets de son frère cessent aussitôt de gigoter. C'était le nom de jeune fille de leur mère.

– Et où habitez-vous ?

Espérant que Femi ne protestera pas, Chadé écrit « Ibadan ». Après tout, ce n'est qu'un demi-mensonge : ils allaient souvent en vacances chez Grand-Mère.

– C'est une ville du Nigeria, ça. Vous venez de là-bas ?

Hochement de menton.

– Ah ! Voilà qui est intéressant. Quand est-ce que vous êtes arrivés ?

Pas de réponse. Jenny reformule sa question :

– Vous êtes arrivés hier ?

Oui avec la tête.

– Seuls ?

Non avec la tête.

– Alors, vous êtes venus avec vos parents et... vous vous êtes perdus ?

Femi se raidit et plante ses jambes dans la moquette. Avant que Chadé ait pu l'essuyer, une grosse larme roule sur le calepin.

Réfugiés ?

Jenny-Iyawo passe gentiment son bras autour de l'épaule de la fillette. Quand elle veut enlacer Femi, celui-ci se dérobe. Elle pose encore quelques questions, auxquelles Chadé répond par des signes de tête, mais n'en apprend guère plus, sinon qu'un incident inattendu s'est produit au Nigeria, suffisamment grave pour qu'on les envoie seuls à Londres. Elle ne sait pas ce qui est arrivé à Maman, continue d'ignorer l'existence de Mme Bankole et d'Oncle Dele. Finalement, elle déclare :

– On va faire une demande d'asile politique. Ça veut dire qu'on va tenter de vous obtenir le statut de réfugiés. En attendant, vous resterez ici, c'est plus sûr. On a beaucoup parlé du Nigeria ces derniers temps. À cause de l'écrivain Ken Saro-Wiwa.

– C'est affreux ce qu'ils ont fait à ce pauvre homme ! s'écrie Mme Graham en surgissant de sa cuisine. Ces deux petits arrivent de là ? Carrément d'Afrique ? Et moi qui croyais à une fugue !

Jenny se tourne vers les enfants et leur adresse un regard profond et tranquille.

– Ne vous inquiétez pas. J'ai l'impression qu'il vous est arrivé quelque chose de terrible. Vous nous en direz plus quand vous irez mieux. Mme Graham va vous emmener acheter des vêtements d'hiver, et vous allez rester encore quelques jours chez elle. Moi, pendant ce temps, je vais essayer de vous trouver une famille d'accueil, si possible d'origine nigériane.

De retour dans la chambre, Chadé se blottit sous sa couverture. Réfugiés ? Ce mot lui évoque de longs cortèges de gens affamés, accompagnés d'enfants décharnés ; des malheureux dont les biens se résument à un baluchon poussiéreux ; des exilés vagabondant dans des déserts et gravissant des montagnes. Les réfugiés fuient la guerre et la famine, on les montre à la télévision. Mais eux, en font-ils partie ?

Elle se demande si elle a bien fait de ne pas donner leur vrai nom de famille. C'est devenu si difficile de démêler le vrai du faux. Et la vérité peut déclencher des catastrophes. Maman le savait, et elle avait tenté de prévenir Papa.

Ils avaient entendu la terrible nouvelle à la BBC, pendant le dîner.

« Nous apprenons de source confirmée que les autorités nigérianes ont exécuté ce matin le militant politique et écrivain Ken Saro-Wiwa, ainsi que huit autres Ogonis... »

Maman étouffe un cri, et Papa se prend la tête entre les mains.

– S'il te plaît, Folarin, supplie tendrement Maman, s'il te plaît, sois prudent ! S'ils ont osé tuer Ken, ils ne reculeront devant rien. Ces gens se moquent de l'opinion du monde.

– Je ferai attention. Ne t'inquiète pas.

Il a le visage fermé.

– Mais, continue-t-il, je dois pouvoir me regarder dans un miroir. Et nos enfants doivent savoir que les salauds s'en sortent uniquement parce qu'on les laisse agir.

Tout le week-end, Papa avait travaillé d'arrache-pied à la rédaction d'un article sur les exécutions. C'est pour cela qu'il a voulu partir tôt, ce matin-là. Le jour où les assassins sont venus...

Mme Graham passe la tête dans l'encadrement de la porte. Sa voisine de palier, qui a une fille de douze ans, propose de lui prêter des vêtements chauds. Chadé veut-elle l'accompagner ? Quand la fillette secoue la tête, elle n'insiste pas.

Après son départ, Chadé se glisse dans le salon, où Femi regarde la télé. Seul contre tous, Superman assomme une bande d'affreux. Les gens qu'il sauve n'en reviennent pas, puis ils sourient, soulagés. On se serre la main, on dit merci, et Superman s'envole. L'émission qui suit le film est nettement moins intéressante.

– C'est rasoir ! ronchonne Femi en éteignant le poste.

Chadé en profite pour lui demander son avis :

– Tu crois que j'aurais dû donner notre vrai nom ?

Ignorant la question, son frère se dirige vers le buffet, où sont posés un téléphone et un gros annuaire. À côté, un cadre en argent expose la photo d'un garçonnet aux yeux sombres et brillants sous une masse de boucles noires – Kevin. Femi feuillette l'annuaire.

– Regarde si Oncle Dele est dedans ! s'écrie Chadé, pleine d'espoir.

Mais bien sûr ! Comment n'y ont-ils pas pensé hier ? Hélas, leur excitation est de courte durée. Aucun Solaja ne figure dans la liste. Femi continue à chercher.

– Tiens ! s'exclame-t-il. Le Nigeria.

Il vient de trouver la liste des indicatifs internationaux.

– Et si on appelait ? propose-t-il. J'ai envie de parler à Papa.

– Ça coûte cher. On devrait d'abord demander la permission.

– Je veux juste entendre la tonalité. Je raccroche tout de suite. Promis !

Il compose le numéro, tandis que Chadé regarde nerveusement la porte, craignant que Mme Graham revienne à l'improviste. Le souffle court, Femi appuie sur la dernière touche. Il y a un silence, quelques clics, puis plus rien. Mais Femi n'est pas prêt à renoncer si facilement. Il vérifie l'indicatif et recommence. Cette fois, le silence et les clics sont suivis d'un bourdonnement aigu.

Le soir même, une fois les jumeaux couchés et Kevin vautré sur le canapé, Chadé va trouver Mme Graham dans la cuisine. Elle se force à parler :

– S'il vous plaît, est-ce que vous pourriez nous aider à appeler notre oncle au Nigeria ?

Elle a parlé si bas que Mme Graham ne l'a pas comprise, et elle doit répéter sa phrase. Planté sur le seuil de la pièce, Femi les observe. Ils ont décidé de ne pas mentionner Papa.

– Hou là ! Mais c'est que ça risque de coûter les yeux de la tête, ça ! Peut-être que les gens des services sociaux accepteraient de le faire de leur bureau. Si tu leur posais la question demain ?

Chadé ne dit rien. C'est maintenant qu'ils ont besoin de parler à Papa. Ses yeux s'embuent.

– Oh, puis zut ! lance Mme Graham d'une voix chaleureuse. Pas de larmes chez moi ! Appelons, et je me débrouillerai avec Jenny plus tard pour l'argent.

– Ben voyons ! ricane son fils en surgissant derrière Femi. Dire que tu m'interdis d'appeler mes copains ! À toujours te plaindre de ta note de téléphone !

– Pas d'insolence, toi ! Tu vois tes amis tous les

jours à l'école. Alors, merci de ne pas te comparer à Chadé et Femi.

– Ouais, ouais, ouais ! chantonne Kevin en retournant sur son canapé.

Chadé griffonne leur numéro sur une feuille, pendant que Mme Graham se perd dans l'annuaire, cherchant l'indicatif du Nigeria. Ils se mordent les lèvres pour ne pas lui expliquer où le trouver. Chadé raconte que leur oncle vit à Lagos, certaine que cette information sera transmise à Jenny-Iyawo.

Quand Mme Graham compose enfin le numéro, Chadé prie pour que quelqu'un décroche. Papa est-il encore à la maison, ou bien Oncle Tunde l'a-t-il convaincu de se cacher dans un lieu plus sûr ? S'il n'est pas là, il y aura au moins Joseph. Ils ne laissent jamais la maison sans surveillance.

Chadé imagine déjà la surprise et la joie dans sa voix quand il va les entendre. Quelle que soit la personne qui décroche, elle s'exprimera en yorouba pour qu'on ne la comprenne pas. Mais les clics ne débouchent que sur du silence. Deux autres tentatives n'aboutissent pas davantage.

– Le téléphone ne fonctionne pas bien, au Nigeria ?

Décontenancée, Chadé ne répond pas.

– Bon. Je vais passer par l'opérateur.

Une demi-heure plus tard, le central de Lagos les rappelle. Ils prétendent que la ligne a été coupée. Le numéro n'est plus attribué.

Encore des mensonges

La femme élégante qui se tient sur le seuil lui rappelle Maman Buki d'une façon si frappante que Chadé ne peut retenir un mouvement de recul. Peut-être à cause de l'espèce de confiance qui se dégage d'elle, mais aussi de son *gele*[1] noir et vert qu'elle a noué comme leur tante, les pointes dressées telles des queues d'oisillon.

– Mme Appiah vient du Ghana, explique Jenny-Iyawo, debout à côté d'elle. Elle est conseillère à la brigade des mineurs pour le comité aux réfugiés. Je lui ai demandé de vous rencontrer.

1. Foulard.

– Je vous remer...

Chadé ne termine pas sa phrase. Elle ne sait pas comment s'adresser à l'assistante sociale. Celle-ci leur a donné son prénom, mais chez eux, c'est mal élevé d'appeler un adulte par son prénom.

– Pouvons-nous entrer ?

Chadé recule, embarrassée.

Mme Appiah leur parle comme à de vieilles connaissances ; elle les interroge sur l'école, leurs professeurs et leurs amis, leurs jeux favoris, comme si la situation était parfaitement normale. Comme Jenny-Iyawo, elle commence par des questions auxquelles il est impossible de répondre sans ouvrir la bouche. Elle les sonde avec des sourires qui leur rappellent Maman Buki. Entre deux questions, elle parle de ses propres années d'école, de ses amis et de ses rivaux, de ses maîtres redoutables et des ennuis dans lesquels elle s'est parfois fourrée. Lentement, elle amène Chadé à prononcer quelques mots, puis des phrases, courtes mais complètes. Même Femi s'intéresse à la conversation et accepte de dire combien de buts il a marqués au dernier trimestre. L'assistante sociale finit par les laisser.

– Racontez-moi un peu, dit doucement Mme Appiah, comment ça se passe, à la maison.

Chadé tressaille et ferme les yeux. La conseillère lui prend la main, sans la serrer. Son contact est chaud et ferme, et la fillette n'a pas le courage de la lui retirer.

– Un événement horrible s'est produit et c'est très dur d'en parler, je le devine. Pourtant, c'est nécessaire. Pour qu'on vous aide. Si tu veux, tu peux m'appeler Tatie ou Maman, comme là-bas, chez vous.

Lentement mais sûrement, ces mots se faufilent à travers les ténèbres dans lesquelles Chadé est plongée. Un bras l'enveloppe.

De gros sanglots secouent Chadé, comme les bourrasques qui fouettent les palmiers avant la tempête.

– On a tous besoin de pleurer, parfois, la console Maman Appiah.

Le temps s'écoule sans que Chadé s'en rende compte. Quand la crise commence à passer, elle prend conscience du réconfort que lui procurent les bras de cette femme. Jetant un coup d'œil à Femi, elle voit qu'il se tait, les yeux secs. Mais une telle tristesse se lit dans son regard que Chadé a envie de se remettre à pleurer de plus belle.

– Lorsque vous vous en sentirez capables, murmure la Ghanéenne en se tournant vers l'un puis vers l'autre, agitant doucement les queues d'oiseau de son foulard, vous me raconterez votre histoire. Il n'y a pas d'urgence.

Longtemps, Chadé reste assise sans rien dire, déchirée par des pensées contradictoires. D'un côté, elle voudrait tout avouer à Maman Appiah, y compris leur vrai nom. De l'autre, la peur la retient. Quand Papa sera sain et sauf en Angleterre, ce sera différent : ils n'auront plus à craindre la police ou les soldats. En attendant, mieux vaut qu'ils continuent à s'appeler Chadé et Femi Adewale. Par contre, il faut qu'ils retrouvent Oncle Dele, sinon Papa ne saura pas comment les contacter à son arrivée. Maman Appiah pourrait peut-être leur donner un coup de main. C'est un risque à prendre.

– Notre oncle, commence-t-elle... il est à Londres, mais on... on ne sait pas où.

D'abord hésitante, elle explique qu'il a disparu de l'école où il travaille. Laissant croire qu'il est le frère de Maman, elle donne son nom, Solaja. Quand la Ghanéenne leur demande comment ils sont entrés dans le pays, Chadé parle simplement d'une « dame ». Maman Appiah n'insiste pas.

Trois jours plus tard, elle les emmène chez M. Nathan, un avocat spécialiste des réfugiés. Chadé est nerveuse. Si cet avocat ressemble à Oncle Tunde, ils vont avoir de sacrés ennuis. En riant, leur père disait toujours que son frère avait raté sa vocation d'inspecteur de police, tant il était doué pour traquer la vérité. M. Nathan va-t-il deviner qu'ils mentent ? Chadé a tenté de se mettre d'accord avec Femi sur ce qu'ils raconteraient, mais il a refusé de s'y intéresser. Ces derniers jours, il n'a fait que regarder la télévision et jouer tout seul avec les Légo des jumeaux. Il ne lui a presque pas adressé la parole.

Le petit homme qui vient serrer la main de Maman Appiah boite. Son visage buriné évoque un marin plutôt qu'un avocat. Une touffe de cheveux grisonnants pareille à un bouquet d'herbes sèches balaie son front et ses lunettes. Il salue la conseillère comme une vieille amie, puis les invite à le suivre dans son cabinet. Quand il sourit, ses yeux gris pétillent, illuminant soudain son visage.

Penché par-dessus un bureau encore plus usé que lui, M. Nathan explique aux enfants la procédure à suivre pour rester en Angleterre. Chadé est vite perdue : droit d'asile, agents de l'Immigration, formulaires, questionnaires, entretiens... Tout ça sonne bizarre et compliqué. Le bureau de l'avocat, aussi encombré que celui de Papa, est rempli de papiers. Une forêt de livres court le long des murs de la pièce, du sol au plancher ; des dossiers jonchent la moquette comme des broussailles. Mais, à la place des magnolias roses et parfumés sur lesquels ouvrait la fenêtre à Lagos, les vitres tachées de pluie montrent des immeubles ternes de brique et de béton, tassés les uns contre les autres sous un ciel lugubre.

L'entretien ne dure pas longtemps. Maman Appiah résume à l'avocat ce que Chadé lui a appris, sans oublier Oncle Dele. Elle a déjà enquêté auprès des Beaux-Arts, mais il n'y a rien de neuf. M. Nathan note les noms complets de Femi – Olufemi – et Chadé – Folachadé – Adewale. Cette dernière est soulagée que son frère la laisse parler. En proie à son humeur « j'en ai rien à fiche », il aurait pu les trahir. M. Nathan leur demande aussi leurs dates et lieux de naissance.

– Ainsi, vous êtes nigérians, remarque-t-il. C'est de là que vous arrivez ? Du Nigeria ?

La fillette hoche la tête.

– Bon, on a tout ce qu'il nous faut pour demander une admission temporaire. Plus tard, nous aurons besoin de connaître le danger qui a poussé votre famille à vous envoyer ici sans passeports. Les agents de l'Immigration voudront aussi savoir comment vous êtes entrés sur le territoire.

Ces paroles, pourtant dénuées de menace, agissent sur Femi comme un détonateur.

– Avec une dame, explose-t-il. Mais on ne la connaît pas !

Chadé lui fait les gros yeux.

– Vous ne vous rappelez pas son nom ?

Chadé hésite. Ne pas répondre est plus facile que carrément mentir.

– Elle ne nous a rien dit, bredouille Femi.

– Excuse-moi, je ne t'ai pas entendu.

– On ne sait pas ! réplique Femi, plus fort, en fixant ses nouvelles chaussures de sport.

– Je vous préviens, il faudra tout nous raconter, dit M. Nathan d'une voix patiente. Mais pour l'instant, ça ira comme ça.

Chadé sent ses joues la brûler. Maman, elle, aurait sûrement deviné qu'ils cachaient la vérité.

La-Buse et Le-Busard

Si leur entretien avec M. Nathan a duré moins d'une heure, la visite aux services de l'Immigration leur prend la journée.

L'avocat avait promis à Maman Appiah de les accompagner, au cas où. Dans une station de métro, ils font les photos d'identité dont ils auront besoin pour les formulaires. Les bandes de visages crachées par le photomaton n'ont rien à voir avec le joyeux garçon blond et la femme souriante dont les portraits ornent la cabine.

Puis le métro aérien les conduit dans le sud de Londres. Dominant la ville, ils contemplent les immeubles et les maisons qui s'étendent sur des kilomètres à la ronde. Tous semblent refléter la morne grisaille du ciel. Chadé ferme les yeux.

Depuis l'église d'Ibadan, au sommet de la colline, le regard porte très loin au-dessus des milliers et des milliers de toits couleur rouille, du même rouge sec que la poussière au sol. Les voix montent des rues basses, mélangeant yorouba, anglais correct et pidgin[1]*. Leurs intonations sont aussi chaudes que les couleurs éclatantes des vêtements portés par les passants.*

Quand ils sortent du métro, le froid les saisit, et ils baissent la tête pour se protéger du vent. Émergeant du souterrain, ils allongent cependant le cou, s'exposant aux bourrasques glaciales, pour contempler l'immeuble de l'Immigration. Le bâtiment de verre et de béton gris se dresse vers les nuages comme un canon. Au pied de l'immeuble, une foule est massée entre deux rangées de piquets, devant une porte tambour qui indique : « Services de l'Immigration et de la Naturalisation ». Un homme en ciré

1. Dialecte local, mélange d'anglais et de yorouba.

jaune est en faction au pied du bâtiment, un téléphone mobile à l'oreille. Il contrôle la queue, laissant entrer une ou deux personnes avant de tendre le bras comme une barrière.

– Il faut toujours attendre, attendre et attendre ! soupire Maman Appiah, tandis qu'ils prennent leur place au bout de la file. Ma grand-mère disait qu'on a beau lancer des cailloux sur un éléphant, il s'en moque éperdument. Chaque fois que j'arrive ici, cette image me revient à l'esprit.

Blottie contre elle, Chadé voit l'avocat dire quelques mots à Monsieur-Mobile, qui secoue la tête.

– Cet endroit est de pire en pire ! s'exclame M. Nathan en revenant vers eux, les sourcils froncés. Vingt étages de bureaux – il rejette la tête en arrière – et même pas une salle d'attente correcte ! Quelle honte ! Aucune autre administration n'oserait agir ainsi !

« Quelle honte ! » Chadé entendait souvent Papa crier exactement les mêmes mots, encore plus emporté. L'avocat doit être habitué à garder son sang-froid, comme Oncle Tunde. Pourtant, il bout visiblement de colère. Heureusement qu'il est de leur côté ! Mais ne se fâchera-t-il pas quand ils refuseront d'avouer leur histoire ?

La démarche de M. Nathan semble toutefois avoir produit de l'effet, car la queue commence à avancer un peu plus vite. Au bout d'un quart d'heure environ, ils entrent à leur tour dans l'immeuble, échappant à la bise mordante.

À l'intérieur, on dirait un aéroport. Des vigiles fouillent l'attaché-case de l'avocat et le sac à main de Maman Appiah, puis les orientent vers un détecteur de métaux. Il y a des hommes en uniforme noir et blanc partout, au pied des escaliers et sur les paliers.

À la suite de M. Nathan, les enfants grimpent deux étages avant de franchir une porte marquée : « Asile politique – dépôt des demandes ». Une nouvelle queue les attend. Chadé en profite pour examiner la salle bondée. La plupart des sièges sont occupés, et la pièce bruit de langues et d'accents différents. Elle écoute ses voisins les plus proches, mais ne reconnaît aucune langue, hormis l'anglais. Les visages sont tendus et inquiets. Est-il possible que tous ces gens fuient un danger ?

Un comptoir court sur toute la longueur de la salle, divisé en boxes numérotés, séparés les uns des autres par des parois de verre. Il y a de nombreux guichets, mais seuls quatre sont ouverts. De temps en temps, une sonnerie aiguë retentit, et un numéro clignote en rouge sur un panneau lumineux. Alors, un petit groupe se dirige vers un des agents en poste derrière sa paroi vitrée.

De la réception, on les aiguille vers l'autre côté de la salle, où ils rejoignent le dernier rang d'une énième file. M. Nathan les informe qu'ils doivent donner leurs empreintes digitales. Femi, qui n'a pas ouvert la bouche de la journée, s'insurge :

– Ils nous prennent pour des voleurs ?

– Beaucoup trouvent scandaleux que cette mesure s'applique aux enfants. Mais la loi l'autorise.

Une dame en blouse blanche et gants de latex, debout sur le seuil d'une porte, appelle des gens, en fait sortir d'autres. Elle est vêtue comme une infirmière, ou un médecin. Sa façon de dévisager chacun évoque un rapace à Chadé, qui sent sa nervosité augmenter. Quand vient leur tour, Femi refuse de bouger.

– Ils ne nous donneront pas nos papiers ! lui chuchote sa sœur, consciente des regards posés sur eux. Il faut obéir.

– Il parle anglais ? demande La-Buse d'une voix forte. Dis-lui que ça ne fait pas mal.

– Mme Appiah et moi allons vous accompagner, propose l'avocat. Il n'y en a pas pour longtemps.

Femi se lève de sa chaise avec une mauvaise grâce évidente, fixant La-Buse de ses yeux furibonds. Dans la petite pièce, il y a deux autres agents en blouse et gants blancs. L'homme passe un rouleau sur un tampon encreur pendant que la femme prépare des feuilles de papier. On inscrit soigneusement leurs noms sur une de ces pages, sous une grille de dix cases vierges. Prenant la main gauche de la fillette, La-Buse la dirige vers le tampon.

– Ce n'est pas douloureux, répète-t-elle, un sourire aux lèvres.

Elle presse les dix doigts sur le tampon, puis sur les cases de la feuille. La grille est bientôt remplie de petits tortillons. Si ce n'était qu'une simple expérience, Chadé la trouverait amusante. Mais dans cet endroit détestable, avec cette femme qui lui écrase brutalement les mains, les taches violet sombre sur le bout de ses doigts lui donnent l'impression d'être souillée. Une fois libérée, on la dirige vers un évier. Le-Busard entreprend de s'occuper de Femi.

– Détends-toi, que diable ! lui lance-t-il.

Mais le garçonnet est tellement raide que l'homme doit lutter pour lui appliquer les mains sur le tampon.

– On ne va pas y arriver comme ça, s'énerve-t-il. Laisse-toi faire.

Il fait signe à Maman Appiah et ajoute :

– Pouvez-vous traduire, s'il vous plaît ? Dites-lui que c'est sans danger.

Posant sa main sur l'épaule de Femi, la conseillère soupire, mais répond calmement :

– Il comprend parfaitement. Il a juste l'impression d'être traité comme un criminel.

D'un geste brusque, Femi retire ses mains et croise les bras.

– C'est honteux ! intervient M. Nathan. Vous causez à ces enfants un traumatisme inutile. Ils dépendent des services sociaux, et Mme Appiah travaille pour le Comité aux réfugiés. Ils ne vont pas s'enfuir. Je ne comprends pas la nécessité d'une telle humiliation.

– Nous suivons seulement la procédure. Quelles preuves avez-vous de l'identité de ce garçon ?

– Ils ne sont ici que depuis une semaine, et...

– Et vous n'avez aucune preuve ! l'interrompt La-Buse, victorieuse, le cou tendu en avant.

Elle poursuit sur sa lancée, de plus en plus véhémente. Évidemment, ils ne forcent personne mais, dans ce cas, le garçon ne recevra pas son admission temporaire. Il est prié de se décider rapidement, parce qu'il retarde tout le monde.

Femi, qui l'a écoutée attentivement, tend soudain le bras. Mâchoires serrées, il laisse Le-Busard prendre ses empreintes.

En ressortant, ils doivent patienter encore. Tandis que les adultes engagent la conversation avec d'autres personnes, Chadé joue aux devinettes dans son coin. D'où viennent tous ces gens ? Ses seuls indices sont leurs vêtements et leurs visages ; c'est peu. Mais elle aime exercer sa mémoire : elle se récite les pays qui composent l'Asie, l'Amérique du Sud et l'Europe ; elle se remémore aussi la carte d'Afrique suspendue dans le bureau de son père. Le Cameroun et le Tchad sont frontaliers du Nigeria ; mais, ensuite, est-ce le Soudan ou la Somalie ? Elle se creuse la tête en observant une femme vêtue d'une robe citron vert à fleurs violettes qui berce un bébé. Une main minuscule, aux doigts ridés recourbés comme de petites vrilles, s'est échappée de la couverture et explore l'espace. Le visage émacié de la mère et son regard immobile évoquent une dune de sable. Où est le père ?

Chadé aimerait jouer avec Femi. Ils s'amusaient souvent aux devinettes, surtout pendant les longs trajets en voiture. Parce qu'elle était plus âgée et qu'elle savait plus de choses que lui, Femi se vengeait avec des questions sur le sport. Parfois, ils formaient des équipes avec Papa et Maman. Mais quand elle demande à son frère de lui poser une devinette, il hausse les épaules d'un air maussade et se replonge dans la BD que lui a achetée Maman Appiah.

On appelle enfin leur numéro. L'homme derrière le guichet vitré ne porte pas d'uniforme et paraît assez jeune pour être étudiant. Ses cheveux châtains coupés court se dressent droit sur sa tête. Il leur pose exactement les mêmes questions que M. Nathan. C'est d'ailleurs ce dernier qui répond la plupart du temps. Lorsque La-Brosse en vient à leurs parents et à la façon dont ils sont entrés sur le territoire, l'avocat se dépêche d'expliquer qu'ils sont encore sous le choc. Il ajoute qu'ils sont arrivés en avion, avec une femme, mais qu'ils ont besoin de temps avant de se confier. Le jeune homme les dévisage, et Chadé serre les mains très fort sous le comptoir. On leur attribue à chacun un dossier. À l'envers, Chadé réussit à lire « Admission temporaire ». Les dossiers sont glissés sous la paroi de verre pour qu'ils les signent, et Chadé remarque qu'à côté de leur nom de famille – Adewale –, La-Brosse a inscrit en gras « à vérifier ». Est-ce que cela signifie qu'il ne les croit pas ?

– Voilà une bonne chose de faite ! déclare M. Nathan quand ils reprennent le passage souterrain. Maintenant, ajoute-t-il en agitant les dossiers, on peut vous inscrire à l'école.

Femi, qui marche devant, se retourne brusquement, et Chadé sursaute. L'école ? Elle y était encore une semaine plus tôt, dans ce qui lui semble être une autre vie. Jamais elle n'aurait imaginé se retrouver dans un autre collège que le sien. Et maintenant, des inconnus la forcent à faire ce dont elle n'a pas envie, à fréquenter des endroits où elle ne veut pas mettre les pieds. Elle comprend soudain la colère qui couve en Femi. « Je ne veux pas aller à l'école ici ! a-t-elle envie de hurler. On ne va pas rester longtemps. Papa nous a juste envoyés à Londres pour qu'Oncle Dele nous protège. »

Mais elle ne pipe mot.

Nouveau déménagement

Un choc les attend à l'appartement. Kevin esquisse un petit sourire mauvais en les voyant. Les jumeaux lèvent la tête, puis se remettent aussitôt à jouer avec leurs Légo. Jenny-Iyawo est dans le salon.

– J'espérais que vous rentreriez avant que je m'en aille, dit-elle. Comment ça s'est passé ?

– Mes pauvres chéris ! s'exclame Mme Graham en les enlaçant, vous êtes complètement claqués. Kevin, sois gentil, mets la bouilloire sur le feu.

– Quand est-ce que tu vas leur dire ? chantonne ce dernier d'un ton presque victorieux en les dévisageant sournoisement.

– Mêle-toi de tes oignons ! File et obéis !

Il se traîne dans la cuisine avec des claquements de langue satisfaits, tandis que Jenny-Iyawo attire les enfants sur le canapé :

– Nous vous avons trouvé une famille d'accueil.

Les mots, incompréhensibles, flottent un moment dans l'esprit de Chadé. Une nouvelle famille ? Ils commençaient à peine à s'habituer à Mme Graham. Même si Kevin n'est pas sympa...

– Je vous avais prévenus que vous n'étiez ici que temporairement, vous vous rappelez ? Mme Graham nous a juste dépannés.

– Ils ont été adorables, fait remarquer celle-ci.

– Maman ! beugle Kevin. L'eau bout !

– Je vous conduirai chez les King demain, poursuit Jenny. Vous aurez chacun votre chambre. Je suis certaine que vous vous entendrez bien avec eux, ajoute-t-elle en les regardant d'un air encourageant.

– Et je continuerai à vous rendre visite là-bas, intervient Maman Appiah. Soyez tranquilles.

Tous ces adultes qui sourient ! Comment osent-ils leur dire de ne pas s'inquiéter ? Ils sont en pays étranger au milieu d'inconnus, et la seule personne qu'ils connaissaient, Oncle Dele, a disparu.

– Les King sont jamaïcains. Lui s'intéresse beaucoup au Nigeria, reprend l'assistante sociale. Tout se passera bien. Comme le problème de votre autorisation temporaire est réglé, Mme King va pouvoir vous inscrire à l'école.

Chadé ne répond pas. Puisque tout est « réglé », que pourrait-elle ajouter ? Ils sont, une fois de plus, deux colis qu'on expédie ailleurs.

Les King habitent près de l'appartement de Mme Graham, dans une rue calme bordée de maisons en brique avec des jardinets. Tandis qu'ils attendent sur le seuil en compagnie de Jenny-Iyawo, Chadé observe la silhouette voûtée de Femi et devine qu'il se sent aussi mal qu'elle.

Maman lui aurait recommandé d'être forte : « Aide ton frère, Chadé. Le chagrin est un trésor précieux : on ne le montre qu'à ses amis. » Alors, elle imagine qu'un fil lui relève la tête, comme à une marionnette.

La femme qui les fait entrer a un visage ouvert et souriant. Elle paraît grande, mais c'est peut-être à cause de ses épais cheveux gris, remontés sur le sommet de sa tête en une torsade qui dégage son front marron clair. Sa robe bleue à fleurs jaunes, qui lui va à ravir, donne une note de gaieté à la grisaille ambiante.

– On vous attendait avec impatience ! s'exclame-t-elle avec un accent chantant.

– Bienvenue ! lance une autre voix, grave comme un tambour.

Un homme costaud apparaît dans le vestibule, la main tendue. Ses cheveux sont gris aussi. Il a l'air plus vieux qu'Oncle Tunde, mais se déplace avec une souplesse de jeune homme. Son visage d'ébène, aussi sombre que celui de Papa, est éclairé par un regard franc et un sourire tranquille.

M. King les entraîne dans un petit salon encombré de livres et de journaux. Sa femme les rejoint avec un plateau chargé de verres et une carafe de jus d'orange.

– On espère que vous vous sentirez comme chez vous, ici, déclare-t-elle. Vous pouvez m'appeler Tante Gracie, et voici Oncle Roy.

La voix d'Oncle Roy chantonne autant que celle de son épouse. Il leur confie qu'il rêve de visiter un jour l'Afrique, terre de leurs ancêtres. Depuis qu'il a pris sa retraite, il s'est beaucoup documenté sur le vieux continent.

– Vous allez m'apprendre des choses, hein ? Qui sait, si ça se trouve, nous sommes cousins !

– Laisse-les donc s'installer avant de les embêter avec tes questions ! le gronde Tante Gracie.

Puis on leur montre leurs chambres, deux pièces contiguës qui donnent sur le jardin de derrière. C'étaient les chambres des enfants King, mais ils sont adultes maintenant, et ils vivent loin de Londres. Les yeux de Chadé parcourent le bureau, placé sous la fenêtre, et l'étagère de livres accrochée au-dessus du lit. Les murs ocre clair rappellent la couleur du maïs ; les rideaux et le couvre-lit sont imprimés d'ananas jaunes et verts. La chambre de Femi est vert émeraude, comme la mer. Les King essaient peut-être ainsi de se rappeler la lumière et les couleurs tropicales de la Jamaïque.

Chadé passe presque tout l'après-midi à lire un recueil de nouvelles qu'elle a déniché sur l'étagère. En début de soirée, les odeurs familières qui montent de la cuisine l'obligent à s'interrompre au milieu d'une histoire. Elle songe à quel point elle aimerait entendre Maman l'appeler à table.

Tante Gracie leur a préparé un repas de bienvenue : poulet aux ignames et plantains frits, soupe aux épinards – une recette qu'elle tient d'une amie nigériane. Femi mange de bon appétit sans faire de commentaires. Chadé, mal à l'aise, n'a pas tellement envie de parler non plus, mais elle craint d'être impolie. Heureusement, les King semblent le comprendre et se contentent de leur propre conversation. Au dessert – des goyaves en boîte avec de la crème –, Tante Gracie leur annonce qu'elle va les inscrire à l'école dès le lendemain. Femi ira à l'école communale Greenslades et Chadé au collège Avon. Ils ont le week-end pour se préparer.

Dans la cage aux lions

Le lundi matin, quand Chadé et Tante Gracie laissent Femi dans le bureau de la directrice de l'école primaire, le regard absent du petit garçon achève d'inquiéter sa sœur. Il est inscrit en CM2, et Mme King reviendra le chercher devant la grille à trois heures et quart cet après-midi.

– Ne vous inquiétez pas ! s'exclame la directrice avec un sourire aussi étincelant que ses boucles d'oreilles. Il va s'habituer très vite, et bientôt il voudra rentrer tout seul à la maison.

Qu'en sait-elle ? Et que signifie « à la maison » ?

Ce matin, Femi n'a même pas répondu quand Tante Gracie lui a demandé à quoi il voulait ses sandwiches pour son déjeuner. Il a passé le week-end plongé dans des BD ou les yeux rivés sur des émissions sportives. Le samedi, il a refusé d'accompagner Mme King et Chadé aux courses. Chaque jour, il semble s'éloigner un peu plus de sa sœur.

Lorsqu'elle lui fait au revoir de la main, il ne réagit pas. Il est si apathique que la boîte rouge de son déjeuner, qui pend au bout de sa main, pourrait lui échapper sans qu'il s'en aperçoive. Chadé a l'habitude de le voir contrarié ou furieux, mais un tel abattement l'effraie.

Depuis la cour de récréation, cernée de hautes grilles, elle se retourne pour contempler les trois étages du bâtiment de brique rouge. Les fenêtres du rez-de-chaussée, protégées par des barreaux, lui rappellent une prison.

Le collège d'Avon est tout près de la communale. Beaucoup plus récent – en brique fauve, béton et grandes baies vitrées –, il est en retrait de la route et abrité lui aussi derrière une enceinte. Son portail à pointes donne sur une allée goudronnée, bordée d'un côté par des arbres squelettiques, de l'autre par des buissons qu'on a dû choisir pour leur résistance. Les seules touches de couleur viennent des emballages de bonbons abandonnés dans l'allée et sur le gazon miteux.

Trois jours plus tôt, quand ils sont venus inscrire Chadé, le principal les a envoyés à son adjoint, qui a lui-même confié la jeune fille à une jeune enseignante, Mlle Harcourt. Cette dernière – qui porte le même nom qu'une ville du Nigeria, observe Chadé – a de longs cheveux châtains ondoyants comme de l'eau. Elle a invité Tante Gracie et les enfants à la suivre dans une salle, où elle a bombardé la nouvelle venue de questions : quelles langues parle-t-elle, dans quelle classe était-elle au Nigeria, quels cours a-t-elle suivis ? Elle a répondu aussi brièvement que possible. Quand Mlle Harcourt a franchi la ligne invisible en lui demandant avec qui ils étaient venus en Angleterre, Chadé s'est fermée comme une huître.

Tante Gracie a mentionné leur statut de réfugiés, et l'enseignante a violemment rougi. Elle s'est excusée et a conclu l'entretien en proposant d'inscrire Chadé en cinquième.

Le jour de l'entretien, les élèves étaient en classe. Mais ce lundi matin, Chadé est entourée d'un tourbillon d'adolescents. Elle s'accroche à son sac à dos, se sentant soudain toute petite et démunie. La dame de permanence lui indique une rangée de chaises de l'autre côté du hall. Chadé doit attendre que Mlle Harcourt vienne la chercher pour la présenter à son professeur principal. Tante Gracie peut partir tranquille.

– Alors, bonne journée ! lance-t-elle en étreignant la main de sa protégée.

N'osant pas retraverser le hall, Chadé décide de rester où elle se trouve et s'adosse au mur. Personne ne lui prête attention. Les conversations vont bon train, interrompues parfois par des rires sonores, mais l'endroit est trop bruyant pour que Chadé comprenne ce qui se dit. Elle est surprise que les élèves soient autorisés à faire autant de tapage. Quand la dame de permanence leur ordonne de sortir du hall, ils bougent à peine. Tout le week-end, Chadé s'est demandé quel effet ça ferait d'être dans une école mixte. En réalité, les filles semblent les plus dissipées.

Le brouhaha ne se calme que lorsqu'une sonnerie stridente retentit. La majorité des élèves s'éloignent lentement dans un couloir, mais d'autres restent à discuter encore un peu. Soudain, la porte du bureau du principal s'ouvre, et une voix beugle à travers le hall, tel un boulet de canon :

– Et la sonnerie, c'est pour les chiens ? On n'est pas dans un concours de bavardages. En classe !

Personne ne paraît particulièrement affecté. Les élèves s'en vont sans se presser, certains sourient.

– Qu'est-ce que tu fabriques ici ? demande le directeur en regardant Chadé.

Pétrifiée, elle ne répond pas.

– Ah oui, tu es la nouvelle. Où est Mlle Harcourt ? Elle va te conduire dans ton groupe.

La jeune enseignante arrive, essoufflée, les bras chargés de livres.

– Désolée d'être en retard. Il y a toujours des tonnes de choses à régler. Tu vas te croire dans une maison de fous, au début. Mais je suis sûre et certaine que tu t'y habitueras très vite. Suis-moi !

Mlle Harcourt marche si rapidement que Chadé a du mal à ne pas se laisser distancer. Après un dédale de couloirs et d'escaliers, elle finit par s'arrêter devant une porte :

– Voici la classe de ton professeur principal, monsieur Morris, qui est aussi chargé des cours d'anglais. Si tu as besoin d'aide, n'hésite pas à t'adresser à lui.

Comme Chadé ne dit rien, elle continue :

– Naturellement, tu peux aussi venir me voir. Je m'intéresse beaucoup aux enfants étrangers, et je donne des cours de soutien en anglais. Je vais te présenter l'une de mes élèves. Mais tu te feras très vite des amis, j'en suis sûre et certaine.

Mlle Harcourt essaie de la mettre à l'aise, mais plus elle se dit « sûre et certaine », plus Chadé se sent perdue. La jeune femme frappe à la porte, salue et demande une certaine Mariam. Une fille apparaît. Son visage rappelle à Chadé celui de la femme-dune qui berçait son bébé au bureau de l'Immigration.

– Voici Mariam, une de mes meilleures élèves.

L'écolière sourit timidement, tandis que Mlle Harcourt lui demande de faire visiter les lieux à Chadé.

– D'accord, mademoiselle, répond Mariam.

Puis, plissant le front, elle ajoute :

– Ça roule !

Toutes les trois rient.

– Mariam vient de Somalie. Elle est là depuis à peine un an. Comme ça, on aura l'ouest et l'est africains réunis ! Je suis sûre et certaine que vous allez devenir copines !

Rouvrant la porte, Mlle Harcourt les pousse devant elle.

– Monsieur Morris, j'aimerais vous présenter, à vous et à toute la classe, Chadé Adewale...

Si on l'avait précipitée dans la cage aux lions, Chadé n'aurait pas été plus effrayée. « Cache ta peur. » Les mots de Maman lui reviennent en mémoire, comme si elle les lui avait chuchotés à l'oreille. Il faut qu'elle relève la tête. Lentement, elle s'oblige à regarder droit devant elle, au-dessus de la ligne de pupitres, sweaters, chemises et cravates.

Et là, au milieu d'une mer de visages, un sourire narquois aux lèvres, Kevin Graham attend qu'elle le remarque.

Qu'est-ce que c'est que ce nom ?

Chadé s'installe à côté de Mariam, à deux rangs de Kevin. La sonnerie retentit une nouvelle fois, mais comme ils ont cours avec M. Morris, ils n'ont pas à changer de salle.

– Prenez vos cahiers de brouillon !

M. Morris est contraint de forcer la voix pour se faire entendre. C'est un homme menu, au visage émacié et pâle. Son nez, long et osseux, est surmonté de lunettes cerclées de métal. Il semble déjà fatigué, alors que c'est la première heure de la journée. Traversant la pièce, il tend à Chadé un cahier bleu.

– Inscris ton nom sur la couverture, lui dit-il avec un bref sourire. Je te parlerai plus tard.

Chadé s'exécute quand une tête blonde hérissée surgit par-dessus son épaule et commente :

– Elle sait même pas écrire son nom ! Harcourt a dit « Chadé », et elle a écrit « Folachadé ».

– Normal, ils ont pas besoin d'écrire, dans la jungle, commente une autre fille.

Des rires étouffés suivent. Chadé serre les doigts sur son stylo.

– Donna ! Marcia ! Taisez-vous !

– Mais, M'sieur, on voulait juste vérifier le nom de la nouvelle.

– Vous nous avez parlé des coutumes africaines, M'sieur. Des noms à n'en plus finir qui signifient tous quelque chose.

– Ce n'est pas le moment. Sortez vos cahiers, et vite ! Ça vaut aussi pour toi, Kevin Graham !

Chadé sent que tout le monde la regarde. Ses voisines de derrière continuent à chuchoter. Quand le cours commence, c'est un vrai soulagement. Les élèves doivent rédiger un texte sur un lieu qui les a marqués quand ils étaient plus jeunes. M. Morris leur demande d'insister sur les images, les bruits, ou les odeurs de l'endroit qu'ils choisissent.

– Mais c'est dégoûtant, M'sieur ! s'exclame une des deux insolentes.

– Comment ça, Marcia ?

– Parce que le plus bel endroit de mon enfance, c'est chez ma grand-mère, en Jamaïque. Tout était super, sauf les odeurs. Ma grand-mère avait des vaches, et elles puaient carrément !

La classe explose de rire, et le professeur est obligé de crier pour ramener le calme. Même Mariam sourit. Chadé s'est brièvement retournée pour voir qui est cette Marcia. Une fille à la peau marron clair, au regard effronté et aux lèvres boudeuses. Ses cheveux noirs et lisses sont tirés en arrière, sauf deux petites tresses à perles violettes qui pendent de chaque côté de son front.

– Essayez de voir et d'entendre avec votre imagination, vos yeux et vos oreilles intérieurs, conseille M. Morris.

– Et notre nez intérieur aussi, M'sieur ? intervient Kevin, qui récolte un franc succès.

– Épargnez-moi vos sottises, Graham, et mettez-vous au boulot !

– Oh ! C'est pas juste, M'sieur !

Kevin a le même ton geignard qu'il emploie avec sa mère. Sa réflexion a déclenché de nouveaux chuchotements de Marcia et Donna :

– Morris a vraiment ses chouchous !

– Ouais ! Tu vas voir que cette Africaine, la nouvelle, elle va en faire partie !

– Marcia et Donna ! À la prochaine remarque, je vous sépare !

L'enseignant les fixe sévèrement tout en s'approchant du pupitre de Chadé :

– Tu as compris l'exercice ?

Elle hoche la tête.

– Mlle Harcourt dit que ton anglais est très bon. J'attends avec impatience de voir ton travail.

Il lui sourit d'un air encourageant.

Si elle arrive à se plonger dans sa rédaction, Chadé pourra oublier la classe pendant un moment. Elle sait exactement de quel lieu elle veut parler : la forêt derrière la Maison de famille. Comme Papa s'y était perdu quand il était petit, les enfants n'étaient autorisés à jouer qu'en lisière du bois, bien en vue du village, et la forêt restait pour eux mystérieuse et magnifique.

Chadé cherche les mots pour décrire les formes et les couleurs extraordinaires de la ramure touffue ; pour parler de ce qu'elle ressentait, cachée dans une cabane construite au cœur d'un fourré de pénombre ;

pour évoquer les éclats de ciel aperçus entre les feuilles effilées des palmiers, si hautes et si noires.

– Tu n'aimes pas les rédactions ? lui demande doucement Mariam.

Chadé regarde autour d'elle. Tout le monde, y compris sa voisine, a commencé à écrire. Quant à elle, plus elle réfléchit, moins elle voit comment s'y prendre. La sonnerie la sauve.

– Je ne vous ai pas encore autorisés à vous lever ! crie M. Morris.

Il se met à hurler pour dominer le brouhaha et annonce qu'à cause des interruptions et du temps perdu, ils termineront leur rédaction à la maison.

– Non mais, t'as vu comment il nous a regardées ? ronchonne Donna. D'ailleurs, ce devoir n'était pas prévu.

– Ouais, c'est pas juste ! renchérit Marcia. Je ne le ferai pas. Les autres non plus. Passe le mot.

À la récréation, Mariam accompagne Chadé aux toilettes des filles.

– Je t'attends ici.

Chadé entre seule.

Donna et deux autres filles sont debout près des lavabos.

– Tiens, Marcia, devine un peu qui est là !

– Qui ça ? demande Marcia de derrière une porte.

L'instinct commande à Chadé de s'en aller, mais Donna s'est déjà placée devant la sortie. Avec ses cils enduits de mascara, ses yeux ressemblent à des mares d'eau bleue entourées de fougères gluantes.

– C'est quoi, ton nom, déjà ? lui demande-t-elle avec insolence. Marcia n'a pas compris.

Chadé serre les lèvres. Les autres l'encerclent. Une chasse d'eau est tirée, un loquet clique.

– Mlle Harcourt dit que ton anglais est très bon, minaude Marcia en imitant M. Morris.

Elle s'adosse à côté de Donna et croise les bras. Ses talons compensés la grandissent.

– T'as intérêt à répondre. Comment tu t'appelles ?

Ses mots rebondissent comme des cailloux pointus ricochant sur l'eau. Chadé se sent piégée.

– Chadé... Adewale, répond-elle lentement en se forçant à regarder Marcia.

« Cache ta peur. »

– Chadé Adequoi ? reprend l'autre d'une voix traînante. Mais qu'est-ce que c'est que ce nom ?

– C'est nigérian.

Chadé serre le poing autour de la sangle de son sac à dos.

– Pourquoi tu causes anglais, alors ? intervient Donna, presque insultante.

Elles se moquent de la réponse : elles ont juste envie de s'amuser à ses dépens.

– On parle plusieurs langues dans notre pays. Dont l'anglais.

Elle a dit ça d'une voix cassante, incapable de se contrôler.

– Hé ! Tu prends pas ce ton-là avec nous, Mamzelle Chadé-Ade ! gronde Marcia. Ta mère t'a pas appris la politesse, en Afrique ?

Chadé serre les dents. Comment osent-elles parler de Maman ?

– Je la préfère quand elle la boucle, pas toi, Marcia ? lance une des filles.

– T'as entendu ce que j'ai dit à propos du devoir d'anglais ? reprend la chef de bande avec hauteur. Personne ne le rend. Personne. Pas avant que je l'ordonne.

– Tout le monde obéit à Marcia dans la classe, enchaîne Donna sur le ton du conseil amical. Si tu refuses, tu t'expliqueras avec elle. Et je te préviens, elle a aussi un frère.

Elle éclate de rire, imitée par les autres.

– Et attention, je t'ai à l'œil !

Faisant voler ses nattes, Marcia sort des toilettes, suivie de sa meute.

Hantée

Quand Chadé rentre chez les King, un gâteau au chocolat – déjà bien entamé – l'attend sur la table de la cuisine. Elle appelle Femi. Vautré devant la télévision, il ne daigne pas répondre.

– Il ne me parle pas non plus, tu sais, dit gaiement Tante Gracie. Enfin, il aime ma pâtisserie, c'est déjà ça ! J'ai pensé qu'après ce premier jour de classe, une petite gâterie s'imposait.

Mme King s'efforce de les mettre à l'aise, mais Chadé n'est pas tellement d'humeur à faire la conversation. Elles s'assoient dans la cuisine chaleureuse, où la vaisselle colorée et un plateau décoré de fleurs roses et blanches bravent la grisaille extérieure.

– Comment ça s'est passé, à l'école ?

Tante Gracie tend un verre de jus d'orange à Chadé et se verse une tasse de thé. Depuis la récréation du matin, la jeune fille pense sans arrêt aux menaces des deux pestes. Marcia et Donna n'étaient pas avec elle en cours de maths et de biologie, mais au déjeuner, elles ont traversé la cantine d'un pas nonchalant pour venir s'asseoir à côté de la table de Chadé et Mariam. Kevin était avec elles.

Elle a fait son possible pour ignorer leurs rires étouffés, qui la concernaient à coup sûr : Kevin se moquait haut et fort des gens qui empruntent les vêtements des autres.

Chadé se demande pourquoi ils l'ont prise en grippe. D'après Mariam, ils n'aiment pas les Africains. C'est bizarre. Marcia a pourtant une grand-mère jamaïcaine. Ignore-t-elle que ses ancêtres viennent d'Afrique ?

– C'était comment ? répète Tante Gracie, le sourcil droit levé en point d'interrogation. Des ennuis ?

– Pas du tout, merci.

Elle termine son goûter en écoutant distraitement Tante Gracie lui raconter ses souvenirs d'école à la

Jamaïque. Quand elle lui demande si elle a des devoirs, Chadé hoche la tête. En plus de M. Morris, deux autres professeurs leur en ont donné.

– Monte donc t'en débarrasser avant le dîner ! Il faut battre le fer pendant qu'il est chaud.

Chadé retrouve le calme de sa chambre avec soulagement. Elle reste un moment assise au bureau, regardant l'obscurité gagner peu à peu les jardins. Certaines maisons disparaissent progressivement dans l'ombre, tandis que d'autres s'éclairent de carrés ou de rectangles lumineux.

Les taches de lumière qui surgissent dans le crépuscule rappellent à Chadé sa rédaction. Au village, tapis dans leur cachette à la lisière de la forêt, ils épiaient ainsi chaque soir la Maison de famille. Mais là-bas, Chadé connaissait les habitants, elle savait où vivaient ses amis. Ici, elle ignore tout des gens, ne sait pas s'ils sont bienveillants ou non. Et si Marcia habitait un de ces pavillons ? Même menacée par un monstre horrible, jamais Chadé ne frapperait à sa porte !

Elle ferme les rideaux, allume la lampe du bureau et sort son cahier d'anglais de son cartable. Pourquoi se laisse-t-elle impressionner par Marcia ? Elle essaie certainement d'intimider tous les nouveaux en leur faisant croire qu'elle commande. Ce n'est qu'un jeu. Marcia et Donna veulent juste la mettre dans le pétrin. Eh bien, elle ne leur donnera pas ce plaisir.

Elle a terminé tous ses devoirs quand, juste avant le dîner, Tante Gracie lui crie qu'on la demande au téléphone. C'est Maman Appiah, qui veut savoir comment s'est passé ce premier jour d'école.

– Ça va, merci.

Au téléphone, c'est plus facile de mentir.

– Tu as déjà des amis ?

– Il y a une fille... Mariam. Elle était assise à côté de moi.

Femi l'a rejointe dans le hall. Accroché à la rampe d'escalier, il se dandine d'un pied sur l'autre.

– C'est un prénom somalien.

– Oui, un de mes profs me l'a dit.

– Sans doute une réfugiée comme toi.

La voix de la conseillère est neutre, mais Chadé se demande aussitôt quelle catastrophe a subie la famille de Mariam. Maman Appiah veut aussi prendre des nouvelles de Femi, mais il se détourne et repart au salon. Elle conclut en parlant de leurs dossiers, toujours incomplets : la semaine suivante, ils devront retourner chez M. Nathan.

Cette nuit-là, Chadé rêve qu'elle répond au téléphone, dans le bureau de Papa.

Donna est au bout du fil. Elle ricane et menace Chadé de lui envoyer Marcia et son frère. Papa saisit l'appareil, mais on coupe.

– Les tyrans de récréation sont des trouillards, déclare Papa, dédaigneux.

À cet instant, on secoue violemment le portail. Maman sur ses talons, Joseph se précipite et ouvre. Marcia se tient sur le seuil.

– C'est elle ! aboie-t-elle en regardant par-dessus son épaule.

Elle désigne Chadé.

Deux détonations claquent ; Papa hurle :

– Non ! Non !

Chadé s'accroupit près du corps de Maman, tandis que Marcia la regarde avec mépris :

– C'est toi qu'on visait.

Scrutant les ténèbres, Chadé cherche l'interrupteur à tâtons. Une fois la lumière allumée, elle continue à trembler. Sur le bureau, le petit réveil blanc à chiffres verts indique trois heures. Elle se secoue, se pince, se frotte les bras. Pourquoi Marcia l'effraie-t-elle autant ? Elle la connaît à peine, mais cette fille hante déjà ses cauchemars. Chadé devine ce que dirait Papa. Du moins, ce qu'il aurait dit avant la mort de Maman : « Il faut résister aux tyrans, ma chérie. Sinon, ils envahissent ton esprit. C'est comme ça qu'ils nous dominent. Des voyous dirigent notre pays parce que nous ne protestons pas. Ils nous terrorisent en nous persuadant qu'ils sont tout-puissants. Mais sans leurs décorations, ils ne sont rien. »

Peut-être. Mais que se passe-t-il quand on se bat tout seul, quand les autres ont trop peur ? Elle voudrait bien le lui demander. Que répondrait-il, après ce qui est arrivé à Maman ? Car on pourrait aussi accuser Papa, lui dire que c'est sa faute, que s'il s'était tenu tranquille, comme les autres, sa femme serait toujours en vie, ses enfants ne seraient pas orphelins.

Chadé se tourne et se retourne dans son lit. Trop de questions se bousculent dans sa tête, comme des fourmis dont on a éparpillé la fourmilière et qui essaient de se regrouper. Exaspérée, elle attrape le recueil de nouvelles et lit jusqu'à ce que ses yeux lui brûlent.

Il est quatre heures passées quand elle éteint la lampe et sombre dans un lourd sommeil.

Tyrannisée

Le lendemain, Mme King propose de les accompagner à l'école, mais Chadé lui assure qu'ils se débrouilleront très bien tout seuls. Ni l'un ni l'autre ne rompt le silence durant le trajet, et Femi ne se retourne même pas quand Chadé lui dit au revoir, devant les grilles de son école. Elle en est peinée. Depuis son cauchemar, elle n'est plus très sûre de vouloir tenir tête à Marcia. Mais elle a écrit sa rédaction, et elle pourra toujours la rendre si d'autres le font. Dans le cas contraire, on ne saura pas qu'elle a obéi. Elle ne gagnera rien à se ranger du côté des chouchoutes.

Un bus à impériale la dépasse, chargé d'élèves d'Avon prêts à sauter au prochain arrêt. Chadé remonte l'écharpe autour de son cou. Le vent est glacé, et elle a l'impression que des plumes gelées lui caressent les joues. Arrivée au portail principal, elle se mêle au flot des collégiens qui remontent l'allée sans entrain. Tête baissée, elle s'apprête à franchir la porte d'entrée lorsque des collants noirs et des chaussures à talons surgissent dans son champ de vision, lui barrant le passage. Elle lève les yeux et reconnaît les mares d'eau bleue cernées de fougères sombres et collantes qui composent le regard de Donna.

– Marcia veut te voir.

Sans lui laisser le temps de réagir, Donna saisit Chadé par le bras et l'entraîne sous un préau, derrière le bâtiment principal. Marcia et sa bande s'y trouvent, embusqués entre deux piliers de béton. Kevin est là, ainsi qu'un garçon que Chadé ne connaît pas. Il y a aussi les deux pestes des toilettes. Le fils Graham tire deux brèves bouffées d'un mégot, qu'il tend à l'une des filles.

– Tu nous as fait poireauter dans le froid ! crache Marcia. T'as fait exprès, hein ? Tu savais qu'on t'attendait !

Chadé ne répond pas. Ils la tiennent, mais ils ne peuvent pas l'obliger à parler.

– Tu devrais lui apprendre les bonnes manières, Marcia ! ricane le deuxième garçon.

– Bon, t'as fait ton devoir d'anglais ?

Marcia avance le menton, tandis que Donna tire sur le sac à dos de Chadé, aidée par les garçons. Une seconde plus tard, Marcia feuillette son cahier.

– Quelle belle écriture ! Cinq pages ! Le père Morris va être content ! siffle-t-elle.

Les autres rient, et elle change de ton :

– Tu as cru que je plaisantais ? Eh bien, laisse-moi te dire, ma petite, que j'étais parfaitement sérieuse !

D'un grand geste, elle arrache les deux premières pages de la rédaction tout en continuant :

– C'est moi qui commande, t'as compris ?

Marcia froisse les pages en une boule serrée, qu'elle lance négligemment sur le bitume. Les yeux brûlants, Chadé lutte pour contenir ses larmes. Ils n'attendent que ça. Elle se penche et referme son sac.

– T'as perdu ta langue ? En tout cas, t'as intérêt à la boucler. Et dis-toi bien que j'en ai pas fini avec toi.

Chadé ne répond pas. Tout ce qu'elle veut, c'est récupérer la boule de papier que le vent balaie à travers la cour. Mais pas maintenant, ils la lui arracheraient des mains.

La sonnerie la tire d'affaire. Les affreux se détournent et s'éloignent.

– À plus, Chadé-Ade, ricane Donna.

À peine ont-ils disparu que Chadé court ramasser les pages froissées. Elle tremble. Comment rejoindre la classe, maintenant ? S'il ne faisait pas aussi froid, elle filerait, mais elle répugne à errer dans les rues par ce temps. Et les gens se demanderaient ce qu'une écolière en uniforme fabrique dehors à cette heure. Impossible aussi de retourner chez les King sans expliquer ce qui s'est passé. Tante Gracie exigerait peut-être que Marcia lui fasse des excuses. Si elle lui attire des ennuis, Marcia la tourmentera encore plus. Chadé enfouit la boule de papier dans son sac sans la déplier et, à contrecœur, regagne l'entrée. Elle est en retard. En haut des marches, la porte de sa classe est déjà fermée. Elle va encore devoir entrer sous le regard de tous.

Sourcils froncés, M. Morris se détend lorsqu'il la reconnaît.

– Tu t'es perdue ? demande-t-il.

Ne voulant pas mentir, Chadé se mord les lèvres. Le professeur n'insiste pas.

– Assieds-toi. Tu vas très vite te débrouiller, la rassure-t-il.

– Fayote ! chuchote bruyamment Donna.

Chadé évite de regarder qui que ce soit, même Mariam. Un peu plus tard, quand M. Morris réclame les devoirs, Donna propose de les ramasser.

– Quel agréable changement d'attitude ! Merci.

En souriant, l'amie de Marcia s'arrange pour passer dans leur rangée en dernier. Chadé attend la tête baissée. Elle voit tous les autres rendre leurs cahiers et ignore Mariam qui, à coups de coude, lui intime de sortir le sien. Elle sait d'avance ce qui va arriver. Donna s'arrête et tend la main. Devant son absence de réaction, elle dit tout fort :

– M'sieur ! La nouvelle ne l'a pas fait ! Peut-être qu'elle ne comprend pas l'anglais ?

– Inutile de hurler. Finis de ramasser, s'il te plaît.

Les bavardages cessent soudain, et Chadé sent que M. Morris s'approche d'elle.

– Je suis déçu, j'avais hâte de lire ton travail. Que s'est-il passé ?

Sa voix est calme. Quand un adulte lui parle ainsi, cela touche toujours plus Chadé que s'il criait. La langue aussi lourde que le vieux fer à repasser de Grand-Mère, elle garde les yeux baissés.

– Bien, fait doucement l'enseignant. Apporte-le demain, dans ce cas. Sans faute. J'imagine que tout ça est nouveau, pour toi.

– Moi, vous m'auriez puni, M'sieur ! Vous m'auriez collé ! C'est parce que c'est une fille ?

Chadé reconnaît le ton geignard de Kevin.

– Mais non, imbécile ! siffle Marcia. C'est parce qu'elle est africaine. C'est la nouvelle chouchoute de M. Morris.

Tandis que le professeur s'escrime à rétablir le silence, les doigts de Mariam serrent légèrement le bras de Chadé. Celle-ci tressaille et se recroqueville un peu plus sur son siège. Elle a l'impression d'être écrasée, comme sa rédaction roulée en boule par Marcia. Elle se sent impuissante face à des gens qui mentent aussi bien.

Un lointain silence

Toute la semaine, la petite bande ignore complètement Chadé. Quand Marcia la croise, elle regarde à travers elle comme si elle n'existait pas. C'est très troublant, et Chadé se sent devenir de plus en plus timide, comme une souris constamment sur le qui-vive. Maman lui aurait conseillé d'éviter Marcia et ses amis, tandis que Papa aurait voulu qu'elle se batte, pour empêcher les tyrans d'en prendre encore plus à leur aise avec elle.

Ah, s'il était là ! Elle se confierait à lui. Il lui expliquerait pourquoi Marcia et sa bande la détestent autant. Elle, elle ne comprend pas. Que reprochent-ils à l'Afrique ? Qu'est-ce que les Africains leur ont fait ? À moins qu'ils ne la détestent à cause d'autre chose.

L'anxiété de Chadé ne cesse de grandir. Dans ses cauchemars, Papa ne parvient plus à interdire à Marcia d'entrer dans leur cour et de pointer son doigt accusateur sur elle. Et avec le temps qui passe, elle s'inquiète de plus en plus pour leur père.

Le dimanche après-midi, Chadé se décide à demander l'autorisation d'appeler leur oncle, à Lagos. Ils sont dans le salon : Tante Gracie tricote, Oncle Roy lit les journaux et Femi, comme d'habitude, regarde la télévision.

– Votre oncle ? Mais bien sûr, chérie !

Tante Gracie est au milieu d'un rang, mais elle lâche aussitôt ses aiguilles. Si le visage de Femi reste de marbre, Chadé, elle, sent ses joues brûler de honte à cause de ce nouveau mensonge.

– Tu connais l'indicatif ? demande Oncle Roy en posant ses yeux graves sur Chadé.

Elle secoue la tête. Il faut faire semblant, comme avec Mme Graham.

Dans le vestibule, Tante Gracie, soucieuse, la regarde se saisir du combiné. Femi les rejoint furtivement. Une série de cliquetis suivis d'un long silence, puis soudain une tonalité lointaine. Même les yeux de Femi se mettent à briller.

Chadé se prend à espérer que quelqu'un décroche. Joseph, au moins. Comme l'autre fois, elle prévoit de parler en yorouba. La sonnerie s'éternise. Plus Chadé s'entête, plus elle lui semble lointaine. Femi retourne s'avachir dans le salon. À la fin, la tonalité se coupe d'elle-même, et Chadé se résigne à raccrocher. Tante Gracie essaie de la réconforter :

– Ce n'est pas grave. On réessaiera plus tard. Votre oncle a dû sortir.

Mais, le soir, une nouvelle tentative n'aboutit pas davantage, comme si le téléphone sonnait indéfiniment dans une pièce vide. Oncle Roy les a rejointes. Il est si grand que le hall paraît surpeuplé, et la nervosité de Chadé augmente.

– Il fait quoi comme métier, votre oncle ?

– Il est... avocat.

Femi jette un coup d'œil bizarre à sa sœur, qui ne comprend pas pourquoi elle devrait cacher ça.

– Il a un bureau, en ville ?

C'est le cas, mais Chadé n'a aucune idée de l'endroit où il se trouve.

– On n'a qu'à consulter l'annuaire international, suggère Tante Gracie, d'une voix pleine d'espoir.

S'il a son propre cabinet, on arrivera bien à le trouver. Qu'est-ce que tu en penses, Chadé ?

– D'accord, Tatie, répond la jeune fille à contrecœur.

– C'est le frère de ton père, n'est-ce pas ? Je demande M. Adewale, alors ?

Chadé ne la contredit pas. Quand elle lui demande le prénom de son oncle, elle répond Tunde, diminutif d'Olatunde. Ça, au moins, c'est vrai.

Au bord de la nausée, elle écoute la longue conversation qui s'ensuit avec l'opérateur. Tout le monde perd son temps par sa faute. Son mensonge lui fait penser à une cuillère sale plongée dans du miel.

Tante Gracie finit par abandonner, et Chadé espère que son visage ne trahit pas son soulagement. Mais quand Oncle Roy propose de contacter la Croix Rouge pour essayer de le retrouver, elle se sent prise à la gorge et comprend l'inertie de Femi. C'est sa façon à lui d'éviter les pensées et les questions inutiles.

Chadé est dépassée. Il faut que Femi accepte de lui parler ! Après tout, ils sont dans le même pétrin. Il n'aura peut-être rien à proposer, mais qu'il l'écoute ! Elle trouve son comportement injuste : faire l'absent et lui laisser à elle tous les soucis.

– Bonne nuit, ma chérie. Et ne t'inquiète pas, on va finir par trouver quelque chose !

Tante Gracie la serre brièvement contre elle.

– Merci. Bonne nuit, répond Chadé avec un pauvre sourire.

Elle grimpe les marches deux à deux, une main sur la rampe de l'escalier. Sans frapper, elle se glisse dans la chambre de son frère. Femi est déjà couché et lit une BD. En la voyant, il se renfrogne.

– Femi, il faut qu'on discute, chuchote-t-elle en s'asseyant au bout du lit.

Il fait claquer bruyamment sa langue, irrité.

– S'il te plaît, tu es le seul à connaître la...

Surgissant de sous les couvertures, un coup de pied l'interrompt.

– La ferme ! Je ne veux pas t'entendre.

– Mais...

Chadé se tait. À quoi bon continuer ? Les yeux de Femi brillent de colère. Il la déteste, comme il déteste la terre entière. Les lèvres tremblantes, elle regagne sa chambre.

Piégée

Le lendemain matin, Chadé est bien décidée à ne pas attendre son frère. Madame-Veste-Jaune lui fera traverser l'avenue devant son école. Il ne lui a pas dit un mot au petit déjeuner, évitant même son regard. Pourtant, au moment où il ouvre la barrière de bois du jardin des King, Chadé décèle dans ses yeux un tel abîme de peine qu'elle est aussitôt submergée par la compassion. Elle règle son pas sur le sien.

Ils approchent de l'école élémentaire quand une voix l'appelle :

– Chadé-Ade !

Femi a dû entendre aussi, car il se retourne brusquement. Tête baissée, Chadé se force à ne pas regarder la foule des élèves d'Avon rassemblés sur la plate-forme de l'autobus qui les dépasse.

– C'est tes amies ?

Elle fait une grimace. Son frère hésite à la questionner plus avant, mais la barrière qui les sépare se rabaisse aussi brusquement qu'elle s'était levée.

Chadé regarde Femi rejoindre les gamins qui entrent dans la cour de récréation. Certains bavardent, d'autres se pourchassent en criant. Quelques garçons et une fille tapent dans un ballon. Femi ne leur accorde pas la moindre attention et, telle une tortue avec son sac sur le dos, il se met à tourner en rond dans la cour. À voir la manière dont il les évite, sans même les regarder, les autres élèves pourraient aussi bien être des arbres ou des rochers. Aucun ne semble le remarquer non plus. Est-ce là son frère, le mordu de foot qui assurait à son ami Kole qu'il défendrait un jour les couleurs du Nigeria à la Coupe du monde ? Le petit garçon qui suppliait Papa d'installer un éclairage plus puissant dans le jardin, pour pouvoir aussi s'entraîner la nuit ?

Chadé arrive devant le collège quand Marcia et Donna surgissent derrière elle.

– On veut te montrer quelque chose, déclare Donna en lui crochetant le bras.

– C'est important, renchérit Marcia, qui se glisse de l'autre côté.

– Ça ne m'intéresse pas, lance Chadé, tendue.

Elle résiste quand les autres la tirent en arrière. Un vieil homme les dépasse en boitillant. Un groupe d'élèves plus âgés approche. Ces pestes n'oseront quand même pas la forcer à les suivre devant tout le monde ? Donna éclate d'un rire cristallin, comme si Chadé venait de lui raconter une bonne blague.

– Écoute ! On te fait une faveur. Pour t'aider à passer le test.

Marcia parle d'un ton dégagé en jouant avec une de ses tresses.

– Un test ? répète Chadé. Quel test ?

– J'étais sûre que tu ne serais pas au courant, badine Donna. Tu sais, même si tu ne nous suis pas, tu n'y couperas pas !

Les élèves d'Avon les ont dépassées sans les voir, absorbés dans leur conversation.

– Bon, Marcia, on lui montre vite fait. Faudrait pas arriver en retard au cours du petit père Morris, hein, Chadé-Ade ?

Les deux filles entraînent Chadé à une telle vitesse qu'elle se retrouve pratiquement en train de courir sur le trottoir, traînée comme une poupée de chiffon. Elles s'arrêtent au premier carrefour.

– Tu vois la boutique, là-bas au coin ? demande Marcia en pointant le menton.

Elle montre un petit magasin situé au bout du pâté de maisons, dont la porte est surmontée d'une enseigne bleue.

– Elle appartient à l'oncle de ta copine.

– L'Africaine, comment elle s'appelle, déjà ? Celle avec qui tu traînes.

Marcia lève les yeux au ciel, excédée, comme si faire comprendre quelque chose à Chadé relevait de l'exploit.

– Explique-lui, Donna !

– Eh bien, dedans, il y a un briquet turquoise vraiment chouette. Il plaît beaucoup à Marcia. Tu sais ce que c'est, un briquet ? Pour les clopes.

Muette, Chadé contemple une bouteille de plastique écrasée gisant dans le filet d'eau sale du caniveau.

– Ouais, et ce briquet, je le veux. À toi de me le procurer.

– Je n'ai pas d'argent.

La force de sa voix surprend Chadé elle-même.

– Ça, c'est ton problème, pas le mien ! réplique l'autre en tapant impatiemment du pied. Si tu ne me le donnes pas, tu auras des ennuis. Pas que toi, d'ailleurs.

– Pardon ?

Elles s'affrontent du regard. Marcia dépasse Chadé d'une demi-tête, pourtant elle semble hésiter une fraction de seconde. Mais elle se reprend vite :

– C'était ton frère, là-bas, devant l'école des mômes, non ?

Un spasme tord l'estomac de Chadé.

– On t'a appelée du bus, mais tu nous as snobées, déclare Donna en papillotant des cils. Tu n'aurais pas dû. Le cousin de Marcia est dans cette école. Pas vrai, Marcia ?

– Ouais. Et il est plus grand que moi. Et il m'obéit au doigt et à l'œil. Alors, si ton frangin a besoin qu'on s'occupe de lui... Tu vois ce que je veux dire ?

Et comment ! Les yeux de Chadé retournent se fixer sur le caniveau, où le vent fait frissonner l'eau. Donna lui donne rendez-vous à quatre heures tapantes, pour qu'elle leur remette le briquet turquoise.

– Des fois que tu envisagerais de nous rouler, pense à ton frangin. Vu ?

Donna lui emprisonne les épaules et colle son

visage contre le sien, murmurant sur le ton de la confidence :

– Marcia est ma meilleure amie, mais même moi je n'oserais pas me la mettre à dos.

– Allez, Donna, glapit l'autre, on est à la bourre. Morris va nous filer une colle !

Abandonnant leur victime, elles déguerpissent. Chadé les suit mécaniquement ; elle entend à peine le coup de klaxon qui retentit quand elle traverse la rue. Les deux pestes se retournent, d'abord effrayées, avant de rire aux éclats. Revenant sur leurs pas, elles l'encadrent.

– Attention à toi ! roucoule Donna. Viens, on va te protéger.

Mariam a dû voir Chadé traverser la rue avec son escorte. Elle s'approche d'elle, dans l'escalier :

– Qu'est-ce qu'elles te veulent ?

– Rien, répond Chadé en haussant les épaules.

La Somalienne n'insiste pas.

Toute la matinée, Chadé est à la torture. M. Morris lui demande si elle se sent bien et la prof de maths prononce un sermon sur les rêveurs quand elle la surprend à regarder par la fenêtre.

Chadé essaie de se concentrer sur le problème d'algèbre inscrit au tableau, mais son esprit continue à vagabonder. Papa a beau jeu de dire qu'il faut résister aux tyrans ! Quelles chances a-t-on quand on est pris à la gorge ?

Et si elle appelait les profs au secours ? La croiraient-ils seulement ? Pourquoi personne n'a-t-il jamais dénoncé Marcia ? Si Chadé confie à M. Morris les intimidations dont elle est l'objet, Marcia demandera à son cousin de la venger, et c'est Femi qui en subira les conséquences. Ils sont même capables de tenter quelque chose en dehors de l'école. Marcia n'aurait aucune difficulté à découvrir où ils habitent.

Pendant le déjeuner, Chadé et Mariam se réfugient à la bibliothèque. C'est un endroit chaleureux, et la documentaliste, Mme Howe, est gentille. De plus, comme il est interdit d'y faire le moindre bruit, il est peu probable que Marcia et sa bande y viennent.

Un livre à la main, Chadé s'installe à une table coincée entre deux étagères. La couverture de l'ouvrage montre un visage face à un miroir brisé, dans lequel se reflète un autre visage. Garçon ou fille ? Chadé ne saurait le dire. Mais la terreur qui a envahi ses traits est presque palpable.

Le livre de Mariam montre une fille aux cheveux sombres serrés dans un foulard, le regard perdu sur des montagnes lointaines. La semaine précédente, la Somalienne a longuement contemplé ce livre. Peut-être la couverture la faisait-elle rêver.

Chadé décide de profiter de l'occasion pour la questionner sur sa famille. Ses raisons sont mauvaises, mais le temps file : il sera bientôt quatre heures, et elle a besoin d'en savoir plus sur l'oncle de Mariam et sa boutique.

Ce qu'elle apprend la laisse sans voix.

Le dégoût de soi

Quand Mme Howe leur propose de l'aider à trier des livres après les cours, Mariam accepte, car elle vit à deux pas du collège. Mais elle ne dispose que d'une demi-heure : au-delà, son oncle et sa mère risquent de s'inquiéter. Chadé, elle, s'excuse confusément, prétextant que son frère l'attend à la sortie de l'école. C'est faux, mais la bibliothécaire lui assure qu'elle comprend.

« Le mensonge emprunte sept chemins sinueux, la vérité une seule voie, bien droite », aurait dit Maman. Résolue à ignorer cette mise en garde, Chadé calcule le temps qu'il faudra à Mariam pour rentrer chez elle. Elle ne veut pas qu'elle l'aperçoive en compagnie de Marcia, craignant qu'elle se doute de quelque chose. Si son amie reste au collège jusqu'à quatre heures, elle doit pouvoir l'éviter de justesse.

À cet instant, si l'on demandait à Chadé pour quelles raisons elle s'apprête à céder aux menaces de Marcia, surtout après ce que lui a raconté Mariam, elle s'effondrerait, en larmes. Et si son père était présent, elle lui avouerait tout en pleurant, et ils mettraient au point une stratégie. Papa parlerait aux parents de Marcia, à son cousin et, bien sûr, à Marcia elle-même.

Mais Chadé est seule et terrifiée, et elle n'a pas le choix. Même si le comportement de Femi la blesse, il est son frère. Papa et Maman ont toujours exigé davantage d'elle, parce qu'elle est l'aînée. Si elle n'obéit pas à Marcia et que son cousin s'en prenne à Femi, c'est elle qui sera responsable. Elle doit protéger son petit frère. Les pestes lui ficheront sans doute la paix, après. Une fois qu'elle aura fait ses preuves, que pourront-elles exiger de plus ?

Lorsque la sonnerie retentit, Mariam tente de dire quelque chose à Chadé avant qu'elle ne s'en aille :

– Je ne parle pas de ma... famille à tous. Mais tu es mon amie, d'accord ?

Ses yeux, timides mais étrangement courageux, quêtent une réponse dans ceux de Chadé. À n'importe quel autre moment, celle-ci se serait sentie heureuse de cette confiance. Ce jour-là, elle en est malade.

– D'accord, répond-elle presque sèchement. J'y vais. À demain.

Elle tente de sourire, mais ne réussit qu'à serrer les lèvres pour cacher son trouble.

Tout ce que Chadé désire, désormais, c'est en avoir terminé. Elle se fraye un chemin dans la foule des élèves qui attendent le bus et descend rapidement le boulevard. À travers les devantures, elle voit combien les magasins sont minuscules. Il n'y a nulle part où se cacher des commerçants. Quant aux briquets, elle n'a aucune idée de l'endroit où les trouver. Ils sont peut-être dans une vitrine fermée à clé. Marcia le sait, et lui tend un piège. Comme pour la rédaction. Chadé n'est pas censée réussir. Marcia veut seulement l'humilier.

Soudain, la gravité de l'acte qu'elle s'apprête à commettre la frappe de plein fouet. Et si elle est prise en flagrant délit ? On appellera la police. Mais oui ! C'est exactement ce que veut Marcia ! Et après, elle et Femi n'auront plus la permission de rester en Angleterre. Leurs démarches pour obtenir le droit d'asile seront réduites à néant. Les gens de l'Immigration l'accuseront d'être une voleuse. Quand Papa arrivera, ils lui annonceront que sa fille est une sale voleuse et lui demanderont de repartir. Qu'elle est bête ! Elle a failli tomber dans le guet-apens de Marcia.

Arrivée au carrefour, juste en face de la boutique, elle fait brusquement demi-tour. Non, décide-t-elle. Elle n'entrera pas. Mais avant qu'elle ait eu le temps de s'éloigner, elle se retrouve cernée. Marcia et Donna la saisissent par le bras et l'entraînent.

– T'étais en train de changer d'avis, hein ? halète Marcia. T'as la trouille ?

– On est venues te donner un coup de main, renchérit Donna. On s'est dit que tu risquais d'être un peu nerveuse, la première fois.

Elles s'arrêtent à deux pas de la boutique. D'une voix calme, Marcia explique qu'elle se chargera de distraire le commerçant en achetant des bricoles, tandis que Chadé prendra le briquet. Il faudra qu'elle soit rapide. S'il y a une deuxième personne derrière le comptoir, Donna s'en occupera.

– Piquer, c'est fastoche, rigole celle-ci. Tout le monde peut le faire.

Elles franchissent le seuil sous l'enseigne bleue qui annonce en lettres noires : « Chez Daud ». Chadé croit que son cœur va s'arrêter. Au fond de la boutique, dans l'encadrement d'une porte, une grande femme maigre en foulard, calme et digne, les observe. Elle a les pommettes hautes et les yeux de Mariam. Un homme coiffé d'une casquette et vêtu d'une blouse blanche entasse des journaux sur le comptoir. Marcia lui demande s'il vend des chocolats fins, pour l'anniversaire de sa mère.

Donna s'approche de la caisse et promène ses doigts sur les rangées de confiseries, suivie des yeux par la femme. Chadé se détourne, se forçant à examiner les rayons sur sa droite. Des calepins, des stylos, des ciseaux, des rouleaux de scotch, toutes sortes de petits gadgets et, près du comptoir, un plateau couvert de briquets – bleus, rouges, argent, verts, mais pas de turquoise. Marcia fait descendre à l'oncle une boîte de chocolats rangée sur l'étagère du haut. La mère de Mariam doit aller chercher une chaise. D'un geste vif, Chadé tend la main vers les briquets. Le turquoise était caché sous les autres. Elle l'attrape sans bruit et le glisse dans la poche de son anorak. Puis, raide comme un piquet, elle se retourne.

– Nan ! Elle est trop petite, dit Marcia. D'ailleurs, je crois pas que ma mère apprécierait des chocolats. Elle est au régime. Je lui en offrirai l'année prochaine. Viens, Donna, on s'en va !

Une étincelle de surprise passe dans les yeux des adultes. Ils échangent un regard, se doutant sûrement qu'ils se sont laissé surprendre, avant de fixer Chadé. Celle-ci se dirige vers la porte. La culpabilité se lit-elle sur ses traits ? Dès qu'elles sont assez éloignées, Chadé jette le briquet dans la main de Marcia et s'enfuit.

– Quelle tête de cochon ! entend-elle Donna remarquer.

Elle poursuit sa course, agrippant son sac pour l'empêcher de rebondir. Elle prie pour que Mariam ne l'ait pas vue. Sa mère et son oncle lui décriront certainement les trois filles en uniforme d'Avon qui sont passées à la boutique. Ils vérifieront sans doute si rien ne manque dans le coin où elle s'est tenue. Savaient-ils exactement combien il y avait de briquets sur le plateau ? Chadé halète. Les visages graves et silencieux de la mère et de l'oncle de Mariam la poursuivent, accusateurs.

Le soir, elle se plaint d'avoir mal à la tête et refuse de dîner. Tante Gracie, inquiète, lui propose de consulter le médecin le lendemain si la douleur persiste. Chadé se couche tôt. Femi se glisse dans sa chambre pour lui prêter une de ses BD. Il ne lui parle guère, mais c'est sa façon à lui de s'excuser.

Comment lui avouer qu'elle vient de commettre un acte infiniment plus grave, envers des gens qui, comme eux, sont des réfugiés ? Chadé est prisonnière du dégoût qu'elle s'inspire. Elle n'a interrogé Mariam sur son oncle que pour mieux le voler. Et après que la Somalienne lui a raconté son histoire, dans un anglais simple et maladroit, mais avec des mots qui dessinaient des images terrifiantes, Chadé a hermétiquement refermé son cerveau. Maintenant, le couvercle se soulève, et les images évoquées par Mariam surgissent devant ses yeux, implacables.

L'histoire de Mariam

Le jour de ses cinq ans, quatre soldats sont venus chez Mariam. Sa mère avait préparé un gâteau pour son anniversaire. Ravie, la fillette jouait dehors avec des amis.

– Ton père est là ? lui a demandé un des militaires.

Terrorisée, Mariam a essayé de hurler, mais aucun son n'est sorti de sa bouche. Sa mère a ouvert la porte.

– Qu'est-ce que vous voulez ?

Ils l'ont bousculée. Avant que son père ait eu le temps de se cacher, les soldats l'ont brutalement traîné dehors. Les enfants pleuraient.

– Attendez ! suppliait son père. Laissez-moi me remettre debout. Je vous suivrai. Que mes enfants ne voient pas ça.

– Chien ! Tu as aidé les rebelles. Nous savons que tu les ravitailles.

– Lâchez-le ! Où l'emmenez-vous ? sanglotait la mère de Mariam.

On ne l'a jamais revu. Les soldats étaient envoyés par le président Barre, le dictateur militaire de la Somalie, qui combattait violemment les mouvements indépendantistes du nord du pays, les « rebelles » soutenus par l'Éthiopie voisine.

Ensuite, le dictateur a fait bombarder Hargeisa, la ville de Mariam. Leur maison a perdu son toit et un mur. Un voisin les a recueillis chez lui. Ils dormaient à même le plancher, sous les lits, tout habillés, prêts à fuir en cas de besoin.

Sous prétexte de chercher les rebelles, l'armée est revenue, a incendié les habitations et tiré dans toutes les directions. Les balles volaient comme des abeilles, tuant les hommes et les adolescents sous les yeux de leurs familles. Les cadavres étaient abandonnés dans la rue, car les gens avaient trop peur pour les enterrer.

Quand les militaires se sont mis à soupçonner les petits garçons de soutenir l'opposition, la mère de Mariam a décidé de partir, pour sauver Hassan, son frère. Il avait dix ans. La plupart des hommes et des jeunes gens encore en vie ont rallié la résistance. Eux sont partis au Kenya.

– C'était loin, presque mille kilomètres à parcourir, mais nous pensions que nous y serions en sécurité.

La population fuyait la ville comme l'eau coule d'un robinet qu'on ne peut plus fermer. C'étaient surtout des vieillards, des femmes et des enfants.

Ils sont partis à pied. Leurs jambes gonflaient, et leur peau brûlait sous le soleil. Après deux jours, ils ont dû marcher de nuit pour éviter les barrages que l'armée dressait dans la journée. La nuit, les lions rugissaient, mais les réfugiés avaient encore plus peur des soldats.

Par endroits, des corps s'entassaient sur le bord de la route, dégageant une odeur épouvantable. La mère de Mariam ordonnait aux enfants de détourner la tête, mais Mariam regardait quand même à travers ses doigts, et regrettait ensuite de ne pas avoir obéi.

Le voyage était interminable, et Mariam avait l'impression que ses jambes allaient tomber. Puis

Hassan a réussi à acheter un âne dans un village et, à tour de rôle, les plus jeunes l'ont monté. La mère de Mariam a décrété qu'Hassan était désormais le chef de famille.

Quelques jours plus tard, elle est tombée gravement malade, et ils ont été contraints de s'arrêter. Autour de ses cuisses, sa robe était tachée de sang. Des femmes lui ont porté secours. Mariam craignait qu'elle ne meure. Une femme lui a expliqué qu'elle s'en sortirait, mais que le bébé était mort. Elle ne savait même pas que sa mère attendait un bébé.

Hassan a creusé un petit trou dans le sol desséché. Il a essayé de le faire le plus profond possible, à l'abri des bêtes, malgré la terre aride et dure. Mariam ignorait si le bébé était une fille ou un garçon. Elle n'a vu qu'un minuscule baluchon de tissu lorsque Hassan l'a déposé dans le trou avant de le recouvrir de sable.

Après des jours et des jours, ils ont atteint la capitale, Mogadiscio. C'était une ville immense, où ils ne connaissaient personne. Les gens étaient stupéfaits de la distance qu'ils avaient parcourue à travers toute la Somalie. On leur a offert de la nourriture et on leur a conseillé de se rendre au port, où ils trouveraient des navires en partance pour le Kenya.

La traversée a été terrifiante. Des centaines de personnes étaient entassées dans une petite embarcation, comme des poissons dans un filet. Quand l'eau potable est venue à manquer, ils ont failli mourir de soif. Une nuit, une tempête s'est déchaînée. Tous pleuraient, priaient, croyant leur dernière heure arrivée. Ça a duré deux semaines.

Le soleil brillait quand ils ont touché terre à Mombasa. Ils avaient réussi, ils étaient au Kenya. Ils ont pleuré et prié de nouveau, pour remercier Allah, cette fois. Puis, en voyant des militaires, tout le monde s'est tu. Les gens avaient fui leur pays à cause des soldats, et ils avaient peur d'eux. Mais ces derniers les ont aidés à grimper dans des camions, pour leur épargner une nouvelle longue marche. Les cahots de la route secouaient leurs os douloureux, ils étaient tout de même contents de retrouver la terre ferme.

Ils ont atteint le camp de réfugiés au crépuscule. Ils n'avaient jamais rien vu de tel. Des abris en toiles de tente et bâches de plastique s'étendaient à l'infini. Les gens préparaient le repas du soir, et la fumée s'élevait de milliers de petits foyers.

Mariam s'est mise à pleurer, parce que tout cela était tellement différent d'Hargeisa ! Mais sa mère lui a dit qu'ils devaient s'estimer heureux d'être encore en vie.

Mariam et les siens sont restés près de six ans dans ce camp. C'était très dur, le plus terrible étant d'ignorer le sort de leur père. Ils ont appris que le dictateur Barre avait quitté le pays ; pourtant, les combats se poursuivaient.

Quand Mariam a eu onze ans, les nouvelles se sont faites plus encourageantes, et sa mère a commencé à échafauder des plans pour rentrer chez eux. Puis une lettre est arrivée, qui a bouleversé leur vie une fois de plus. Elle venait de Londres, écrite par l'oncle de Mariam. Des associations humanitaires l'avaient aidé à retrouver leur trace, et lui avaient appris que le père de Mariam était mort en prison. Il les invitait à le rejoindre en Angleterre, où il possédait une échoppe. Il allait se démener pour leur obtenir des papiers, puis il irait les chercher.

La mère de Mariam a accepté, disant que c'était une chance pour les enfants. Mais quand l'oncle est venu, Hassan a refusé de les suivre. Il préférait rentrer chez eux, à Hargeisa. Il souhaitait vivre en Somalie et découvrir ce qui était arrivé à son père.

Sa mère l'a supplié – le pays était encore tellement dangereux ; la maison avait été bombardée, il n'en restait plus rien ; il n'avait que seize ans.

De ce jour, ils n'ont plus entendu parler de lui.

Un ange gardien

Chadé a mal dormi. Dans ses cauchemars, Marcia ne se contente plus de pointer son doigt sur elle quand elle s'agenouille près du corps de Maman, maintenant elle l'accuse :

– C'est de ta faute, sale menteuse !

Lorsqu'on retire le couvre-lit taché de rouge, Maman a disparu. À sa place, un bébé – une fillette qui a les yeux de Mariam – fixe Chadé de son regard mort.

Le matin, après avoir pris la température de Chadé, Tante Gracie décide qu'elle n'ira pas au collège :

– Ce n'est sans doute qu'une petite grippe, mais je te trouve mauvaise mine.

Quand Femi se plaint à son tour, Mme King se déclare persuadée qu'il sera en pleine forme une fois à l'école. Il est à deux doigts de piquer une colère quand le téléphone sonne. C'est Maman Appiah, et elle a une nouvelle importante. Apprenant que Chadé reste à la maison, elle promet de passer dans la matinée. Femi soulève les sourcils comme deux arcs, mais Tante Gracie désamorce la bombe :

– Bon, je crois que tu vas manquer l'école, toi aussi. Mme Appiah veut vous voir tous les deux.

S'il ne sourit pas, Chadé voit s'allumer dans les yeux de son frère une lueur de victoire qu'elle connaît bien.

En s'habillant, Chadé ne cesse de s'interroger. L'Immigration a-t-elle soulevé un problème ? Oncle Dele a-t-il réapparu ? Ce doit être urgent, sinon la conseillère aurait attendu leur rendez-vous, prévu à la fin de la semaine. Elle descend l'escalier quand, soudain, elle comprend, écœurée : on a découvert son vol de la veille ! L'oncle de Mariam s'est aperçu de la disparition du briquet et a identifié la coupable. Ou alors, Mariam l'a vue. Ils sont allés à la police, qui a averti les services sociaux. Puis Jenny-

Iyawo a contacté la Ghanéenne. Et maintenant, tous ces gens savent que Chadé est une voleuse. À la moitié de l'escalier, elle rebrousse chemin et file vers sa chambre, bousculant Femi sur le palier. Elle claque la porte derrière elle et, tout habillée, s'enfouit sous les couvertures.

Deux heures plus tard, elle est assise à côté de Maman Appiah, les bras étroitement croisés. Femi s'est installé sur une petite chaise, un peu à l'écart. Hébétée, Chadé grelotte de froid, et les flammes bleues et orange qui vacillent dans le radiateur à gaz n'y changent rien. La conseillère la trouve pâlotte. Elle invite les King à s'asseoir. Ainsi, eux aussi apprendront qu'elle est une voleuse. Chadé replie la tête comme un escargot privé de coquille. Sa culpabilité est si éclatante qu'on n'aura pas besoin d'insister beaucoup pour qu'elle avoue.

– Dites-moi, commence Maman Appiah, connaissez-vous Folarin Solaja ?

Chadé tend brusquement le cou. Ouvrant grand les yeux, Femi s'écrie :

– Papa !

La conseillère les regarde l'un et l'autre, attentive. Les queues d'oiseau de son *gele* sont d'un bleu miroitant qui rappelle les plumes d'un martin-pêcheur.

– C'est... c'est notre père, reconnaît Chadé en se couvrant la bouche de la main.

– Eh bien, un ange gardien veille sur vous, croyez-moi ! Avec le nom que vous nous avez donné, ce monsieur aurait pu ne jamais vous retrouver.

Papa est ici ! En Angleterre ! Maman Appiah l'a rencontré. Il lui a raconté son histoire. Leur histoire. Sa femme assassinée, ses enfants expédiés à son jeune frère.

Le temps qu'il comprenne que Dele avait disparu, ceux-ci s'étaient envolés dans la nature. Il s'était fait un sang d'encre, ignorant où et avec qui ils se trouvaient, s'ils allaient bien.

Chadé se mord le pouce jusqu'au sang. Pourquoi la Ghanéenne n'a-t-elle pas amené Papa avec elle ? L'explication arrive bien assez vite : il est ici, mais « sous mandat d'arrêt ». En prison ! Les yeux de Femi, qui se sont éclairés un instant plus tôt, se remplissent de larmes. Papa a tenté d'entrer dans le pays avec un faux passeport. Il était si inquiet qu'il n'a pensé qu'à retrouver ses enfants, au lieu de demander immédiatement l'asile politique.

– Je crains que votre père n'ignore tout des règles en vigueur ici. La première chose à faire, c'est de se déclarer réfugié politique. Si les douaniers vous découvrent en possession d'un faux passeport, c'est trop tard. Après, ils ne croient plus à votre histoire.

Chadé est stupéfaite qu'on ose prendre son père pour un menteur ! Lui qui déteste l'imposture, il s'est tu. Jusqu'à ce qu'il soit trop tard. À cause d'eux. Glissant silencieusement sur le canapé, Tante Gracie l'enveloppe de ses bras. Femi, prostré sur sa chaise, essuie rageusement ses larmes.

– Comment avez-vous retrouvé leur père ?

La voix de basse d'Oncle Roy ramène Chadé à la réalité.

– Par miracle ! Je rendais visite à un jeune détenu. L'Immigration prétendait qu'il avait dix-huit ans, mais on pensait qu'il était plus jeune.

En entendant parler du garçon, Femi se redresse un peu.

– Je suis donc allée à Heathlands, le centre de détention. Quand il a appris ma venue, votre père a souhaité me rencontrer. Il m'a demandé si je connaissais deux enfants du nom de Solaja, ce qui n'était pas le cas. Mais quand il a mentionné vos prénoms et vos dates de naissance, j'ai compris qu'il s'agissait de vous.

Papa est ici, derrière les barreaux. Accablée, Chadé baisse la tête et se met à pleurer.

– Ne te reproche rien, la console Maman Appiah. Il arrive qu'on mente par désespoir. Je suis sûre que c'est ce qui s'est passé, pour vous deux. À en juger par ce qu'il m'a raconté, votre père est très courageux. Vous pouvez être fiers de lui.

Femi se redresse un peu plus. L'esprit de Chadé s'agite comme un bouchon de liège dans une cascade.

– Savez-vous, continue la Ghanéenne en s'adressant aux King, que leur père est journaliste ? Il m'a montré des articles qu'il a sortis en secret du Nigeria. Quelle liberté de ton !

– Eh bien, eh bien ! Et ces deux-là qui ne nous disaient rien !

Oncle Roy éclate de rire. À travers ses larmes, Chadé ne peut s'empêcher de sourire.

Avant de partir, Maman Appiah demande la permission d'appeler Heathlands pour arranger une visite. Les enfants tournent fébrilement autour d'elle tandis qu'elle épelle leur nom – S O L A J A – et leurs prénoms. Une vraie surprise les attend.

– Pourriez-vous me passer monsieur Solaja, je vous prie ?

La conseillère leur tend le téléphone. Ils se regardent, incrédules. Est-il vraiment possible de parler à Papa ? Alors qu'il est en prison ? Chadé porte maladroitement le combiné à son oreille. Au bout du fil, la musique métallique est soudain remplacée par une série de cliquetis, puis par une voix, celle de Papa :

– Allô ?

Sur le territoire des Regards

Pour la première fois depuis leur arrivée en Angleterre, Femi propose à sa sœur de faire une partie d'ayo. Les deux enfants essaient de cacher leur excitation, et ils ne parlent pas de Papa. Après l'ayo, ils passent aux cartes – rami et patience.

Cependant, une fois seule dans l'obscurité de la nuit, Chadé repart à la dérive. Elle se retourne dans son lit, s'interdisant de penser à leur dernier jour à la maison, si affreux. Mais d'autres images sournoises surgissent : Papa est allongé sur une paillasse dans une cellule froide et sombre ; une personne en blouse blanche attrape sa main et l'oblige à coller ses doigts sur un tampon encreur, puis des menottes claquent autour de ses poignets.

Chadé essaie de chasser ces pensées en se rappelant la voix de Papa au téléphone : « Dieu merci, vous êtes vivants ! » Elle a été trop abasourdie pour capter le reste. Tout se mélangeait dans sa tête. Papa qui lui parlait de derrière les barreaux, ses mots s'échappant comme un génie d'une bouteille.

Le matin, en attendant Maman Appiah, Chadé hypnotise les aiguilles de l'horloge pour qu'elles avancent plus vite. Femi tente de dissimuler sa nervosité, mais il est tendu comme une corde. Quand ils sont enfin installés dans la vieille Ford beige de la conseillère, lui devant et elle derrière, la voiture leur paraît se traîner de façon insupportable à travers les rues encombrées de Londres. Même l'autoroute est embouteillée.

« Heathlands » – « les Landes » –, ça ne sonne pas comme un nom de prison. Pourtant, quand ils descendent de voiture, ils se heurtent à une clôture métallique de six mètres de haut, surmontée de grandes boucles barbelées. De l'autre côté se dressent, menaçants, des bâtiments de brique brune.

Toutes les ouvertures sont grillagées. Papa est-il aux aguets derrière l'une d'elles ? Impatiemment, les enfants scrutent les rangées de fenêtres, mais les barreaux sont trop épais et les vitres trop sombres pour que l'on distingue quoi que ce soit.

Ils approchent du portail métallique, dont les grilles s'écartent lentement dans un curieux bourdonnement, comme tirées par une force invisible. Un petit poste de garde donne sur l'entrée. À travers les grandes baies vitrées, Chadé aperçoit trois silhouettes en uniforme noir et blanc. Une fois encore, ils pénètrent sur le territoire des Regards.

À l'intérieur, un visiteur proteste, accoudé au guichet :

– Mais ce ne sont que des fruits pour mon ami ! Vérifiez !

– Je suis désolé, monsieur, mais le règlement l'interdit. Votre ami a des fruits à chaque repas.

– Pas des fruits comme ça ! J'ai acheté des ananas et des mangues exprès pour lui.

Les Regards continuent à refuser, polis mais intransigeants. Enfin, l'homme accepte de laisser son cadeau derrière le comptoir, et leur tour arrive.

Les gardiens inspectent le sac à main de Maman Appiah. Passant sous le détecteur de métaux, Chadé étudie la courette qui conduit à une deuxième clôture grillagée, aussi haute que le mur d'enceinte. Levant les yeux, elle repère des caméras.

Ils franchissent deux autres portails derrière un surveillant, avant de passer une porte bardée de multiples verrous. Puis ils s'installent dans une vaste pièce, où des chaises rouges s'alignent le long des murs. Des gens sont assis, discutant à voix basse en petits groupes ou à deux. Chadé et Femi cherchent anxieusement leur père des yeux.

– Ils sont allés l'appeler, les rassure la conseillère. Il sera là très vite.

Ça pourrait être n'importe quelle salle d'attente, avec son distributeur de boissons. Maman Appiah leur explique que Heathlands est un centre réservé aux personnes qui ont pénétré en Angleterre sans autorisation.

– Ça ne ressemble pas à une prison, murmure Femi à sa sœur.

– Lève la tête, réplique-t-elle en montrant les caméras au plafond.

Les Regards sont partout.

Les deux enfants se tiennent près de la porte vitrée, d'où ils peuvent épier un poste de garde. Deux Regards y discutent. L'un d'eux leur a souri quand ils sont entrés, mais ni Femi ni Chadé n'ont réagi. Pas d'amabilités avec les geôliers qui enferment Papa comme un criminel derrière tous ces grillages et ces barreaux ! Chadé ne quitte pas des yeux le couloir derrière les Regards. Chaque fois qu'une personne apparaît dans l'ombre lointaine, elle enfonce un peu plus ses ongles dans ses paumes. Maman Appiah leur propose de s'asseoir, mais ils secouent la tête, préférant faire le guet.

Enfin, une silhouette familière et pourtant étrangement différente se dirige vers eux. Papa ! Est-ce bien lui ? À demi dissimulé par une barbe courte et une moustache, le visage s'éclaire d'un sourire bien connu. Il pousse la porte et, les bras ouverts en arc de cercle, soulève ses enfants.

Serrée contre lui, Chadé s'abandonne. Le souffle de Papa lui caresse les cheveux, et elle laisse ses larmes couler sur ses joues, trempant la chemise de son père, qui répète leurs prénoms d'une voix étouffée.

Un peu plus tard, ils s'assoient sur les chaises rouges, Papa entre eux. Il y a un bref silence gêné, le temps qu'ils trouvent leurs mots.

– Pourquoi tu t'es laissé pousser la barbe et la moustache ? lance Femi en tordant le nez.

Chadé se demande comment il fait pour ne pas pleurer.

– Ça te change ! J'ai failli ne pas te reconnaître, déclare-t-elle.

– Tu ressembles à Oncle Tunde ! C'est...

Femi s'interrompt. Papa sourit.

– Mes cheveux gris. Tu as remarqué ? Une idée de votre oncle. Il voulait modifier mon apparence autant que possible.

Il paraît amaigri, surtout dans cette chemise blanche étroitement boutonnée au lieu de ses habituelles agbadas flottantes, mais Chadé ne dit rien. Il leur raconte ce qui s'est passé après leur départ.

Quand Oncle Tunde et lui ont découvert qu'Oncle Dele était injoignable, ils se sont fait beaucoup de souci. L'agent leur a assuré que Mme Bankole prendrait soin des enfants. Ils ont bien soupçonné qu'il mentait, mais comme ils n'avaient aucun moyen de la contacter, ils n'ont rien pu faire, à part attendre le passeport de Papa.

– On a essayé de te téléphoner, lui apprend Chadé, mais ça ne répondait pas.

– La police me cherchait, ils ont coupé la ligne. Maintenant, dites-moi tout. Avant de rencontrer Mme Appiah, j'étais fou d'inquiétude.

Ils ont des tonnes de choses à raconter. La trahison de Mme Bankole à Victoria Station et la disparition inattendue d'Oncle Dele, le Dark-Vador-des-Ruelles volant leur sac et Vidéoman appelant la police, l'accueil de Mme Graham et les plaintes de Kevin, l'abominable journée au bureau de l'Immigration... Mais aussi Jenny-Iyawo, Maman Appiah, M. Nathan... Et, bien sûr, Tante Gracie et Oncle Roy, qui se donnent tant de mal pour qu'ils se sentent bien chez eux.

Papa hoche la tête, heureux d'apprendre qu'ils vont à l'école. Chadé se garde d'évoquer Marcia ou Mariam. Passé les premières embrassades et émotions, Femi est redevenu silencieux. Il parle peu de son école. Même lorsqu'il regarde Papa, il semble perdu au fond de lui-même.

La conversation revient sur la chance qu'ils ont eue de se retrouver. Chadé veut expliquer pourquoi elle a donné un faux nom, mais elle se remet à pleurer. Son père et Maman Appiah la consolent. Tout n'est pas perdu, disent-ils. M. Nathan va s'occuper de Papa. Il dira à l'Immigration que Chadé et Femi sont ses enfants et demandera qu'on le relâche pour qu'il soit avec eux, au moins le temps qu'on statue sur son sort.

L'après-midi file. Quand un Regard annonce que la visite est terminée, c'est un choc. Chadé n'a pas encore parlé de Maman, faute d'avoir trouvé les mots pour évoquer l'enterrement. Elle n'a pas réussi à mentionner Grand-Mère non plus. Elle veut savoir, pourtant, elle en a besoin. Mais on leur ordonne de s'en aller.

Femi se dirige vers la porte d'un air hautain. Il semble si petit, si tendu et si seul. Chadé s'accroche à Papa. Ne peut-elle vraiment pas rester avec lui ?

– J'en ai bien peur.

Chadé note le léger tremblement de sa bouche avant qu'il se ressaisisse. Elle noue étroitement ses bras autour de son cou.

– Ne vous inquiétez pas, chuchote-t-il. Ce ne sera pas long. On se reparlera au téléphone. Et on sera bientôt, très bientôt ensemble. Il faut être patients.

Mais plus Chadé entend ces mots rassurants, plus elle s'accroche à lui. La patience, voilà qui ne lui ressemble pas du tout. Maman Appiah lui touche légèrement l'épaule.

– C'est l'heure de partir. Pour tous les visiteurs.

Le gardien leur tient la porte. Chadé a envie de crier qu'ils ne sont pas des visiteurs, qu'il s'agit de leur père. Elle se ferme au monde, jusqu'à ce que les doigts forts de Papa la détachent doucement de lui. Ces mêmes doigts qui, un peu plus tôt, l'ont serrée contre lui. C'est trop dur. Elle le lâche et s'élance jusqu'à la porte vitrée, les yeux troublés par les larmes, la tête bourdonnante.

– *O dabo, Chadé ! O dabo, Femi !* Au revoir, madame Appiah. Merci.

La voix étouffée de leur père les suit, de plus en plus lointaine. Incapable de supporter cette séparation, Chadé ne se retourne pas.

L'accusation

6 décembre 1995

Mes chéris,

La façon dont nous nous sommes quittés m'a rendu très triste. Les autres sont à la cantine. Moi, je suis retourné dans ma chambre pour écrire. Assis sur mon lit avec le bloc de papier sur mes genoux, je vous revois nettement tous les deux.

Chadé, je sens encore tes bras autour de moi. Tu m'as rappelé madame Lapin, accrochée au dos de monsieur Buffle pour traverser la rivière. Quand j'ai dû te forcer à me lâcher, ça m'a brisé le cœur. Plus que tout au monde, je voudrais vous avoir près de moi.

Femi, te rappelles-tu, à Lagos, comment tu me regardais, furibond, parce que je ne pouvais pas venir taper dans le ballon à cause du travail à terminer ? Maman te demandait d'attendre un peu ; moi, je rigolais, et je disais que tu me faisais le mauvais œil. Je regrette aujourd'hui de ne pas avoir cédé plus souvent. Mais nous rejouerons ensemble, sois-en sûr.

Je vais tout mettre en œuvre pour être libéré rapidement. Demain, Mme Appiah contactera M. Nathan. J'espère qu'il me rendra visite très vite. Il saura expliquer la vérité aux autorités, lui. Je pense qu'elles comprendront pourquoi vous avez utilisé un autre nom, et pourquoi je suis entré en Angleterre avec un faux passeport. Souhaitons qu'elles me relâchent. Ainsi, nous attendrons ensemble la décision concernant notre demande d'asile. Puis nous retournerons chez nous quand plus rien ne nous y menacera.

Votre père qui vous aime.

Vendredi 6 décembre, 23 h 30

Cher Papa,

En voyant l'heure inscrite au-dessus, tu vas dire : « Pourquoi n'est-elle pas encore couchée ? » J'ai essayé, mais je n'arrivais pas à dormir. Nous ne sommes rentrés ici qu'à neuf heures du soir. Les King étaient inquiets, mais Maman Appiah voulait absolument qu'on mange quelque chose avant de reprendre la route. « La faim est une mauvaise compagne », a-t-elle dit en nous conduisant à Oxford, où nous avons acheté des frites et du poisson (pour ça, elle ressemble beaucoup à Maman Buki). C'était très bon. J'aurais voulu partager avec toi. Femi n'a rien dit, mais j'ai bien vu qu'il aimait ça.

Papa, je suis désolée de mon comportement. Je sais que toi aussi, tu aurais préféré qu'on reste. Excuse-moi encore. Je ne fais jamais ce qu'il faut. Comme pour le faux nom.

Mes yeux se ferment. Il reste de la place pour que Femi t'écrive un mot demain matin. S'il te plaît, réponds-moi vite.

Je t'embrasse,

Chadé.

8 décembre 1995

Chers Femi et Chadé,

J'ai été ravi de vous entendre hier soir au téléphone. Même si tu as peu parlé, Femi chéri, tes mots m'ont aidé. J'ai hâte d'en apprendre plus sur vos nouvelles écoles. Pourquoi ne m'écrirais-tu pas, Femi ?

Ta lettre m'a fait très plaisir, Chadé. Ne t'excuse pas. Moi aussi, j'aurais voulu que nous restions ensemble. Et ne te blâme pas non plus pour cette histoire de nom. Après tout, Adewale est le nom de Maman. Les circonstances vous ont forcés à agir ainsi, toi et Femi. Et puis, c'est Oncle Tunde et moi-même qui vous avons envoyés ici. Aucun enfant ne devrait subir ce que vous avez vécu. Tu sais aussi combien je hais la tricherie et le mensonge. Et pourtant, j'ai utilisé le passeport d'un autre.

M. Nathan est venu aujourd'hui. Il reste prudent, mais il espère que le ministère de l'Intérieur m'accordera un droit de résidence temporaire quand il sera évident que nous sommes de la même famille. Il va s'arranger pour que mon cas soit traité en priorité. Puis il m'aidera pour le droit d'asile. Ici, je me suis lié d'amitié avec un professeur somalien qui m'a prévenu que les affaires des réfugiés politiques sont longues et difficiles. Nous devrons être patients. Zoka, qui vient de Bosnie, nous a appris un proverbe : « Tout vient à point à qui sait attendre. » Votre mère l'aurait aimé. Elle aurait également apprécié de me voir m'entraîner à la patience...

Tout sera tellement plus facile quand nous serons réunis ! Nous nous soutiendrons. Dès que je serai libre, je me mettrai aussi à la recherche d'Oncle Dele. Sa disparition m'inquiète.

En attendant, prenez soin de vous, soutenez-vous. J'espère vous reparler ce week-end.

Transmettez mes meilleures salutations aux King, ainsi qu'à Mme Appiah. Écrivez vite !

Votre père qui vous aime.

PS : J'écris au syndicat des journalistes pour les alerter sur la situation au Nigeria. Ils connaissaient tous Ken Saro-Wiwa ; mais il y en a tant d'autres comme lui ! J'espère qu'ils appuieront ma demande d'asile.

Lundi 11 décembre

Cher Papa,

C'est l'heure du déjeuner. Je suis à la bibliothèque du collège. C'est tranquille, et je m'y plais bien. Ta lettre est dans la poche de mon manteau. Femi était d'un peu moins mauvaise humeur après l'avoir lue, ce matin. Tante Gracie nous a dit que, quand ils te relâcheront, tu dormiras chez eux, dans le salon. Oncle Roy suit de près les informations en provenance du Nigeria. Il a déclaré que ce serait un honneur de t'avoir à la maison !

Tu aurais aimé notre cours d'anglais, aujourd'hui. On a regardé une émission de télévision qui s'appelle *À la une*, consacrée à la politique internationale. Savais-tu que certains pays européens exigent le boycott du Nigeria en protestation contre la pendaison de Saro-Wiwa et des leaders ogonis ? Le journaliste est le même que celui qui présente le journal télévisé de sept heures tous les soirs. Sa collaboratrice est une fille qui a l'air d'avoir mon âge. Elle doit interviewer des gens toute seule. J'adorerais faire ça, mais j'aurais trop peur !

À l'école, ça se passe bien. C'est même plus facile qu'à Lagos. Surtout l'anglais ! Ça m'a étonnée. La plupart des profs ne sont pas sévères, et certains élèves sont drôlement insolents. Il me semble qu'on ne leur enseigne pas grand-chose de l'Afrique, ici. Il y en a même qui croient que c'est un seul pays, et un garçon m'a demandé si je parlais africain !

Je suis contente que tu te sois fait des amis en prison, et j'espère que M. Nathan réussira.

J'ai quelque chose de vraiment très important à te confier.

Ça sonne. *O dabo*, en attendant.

19 h 00

Papa, je n'arrive pas à croire qu'ils aient dit non. M. Nathan a téléphoné à Maman Appiah, qui est venue nous l'annoncer. Pourquoi ne nous croient-ils pas ? Pourquoi ? Tante Gracie m'a proposé de t'appeler, mais je ne veux pas. Je ne ferais que pleurer. Mieux vaut réagir comme Femi, comme une petite pierre.

Minuit

Papa, je ne peux pas te cacher cela plus longtemps, sinon je ne dormirai pas. Avant de partir, Maman Appiah est allée dans la cuisine avec Tante Gracie. C'était pour parler de toi. Je sais que je n'aurais pas dû écouter cette conversation qui ne me regardait pas. Maman Appiah a dit que M. Nathan était inquiet pour une raison plus grave que leur refus de te libérer. Est-ce vrai, Papa ? Est-ce vrai que la police nigériane t'accuse d'avoir tué Maman ? Est-ce vrai qu'ils ont demandé à la police britannique de te renvoyer au Nigeria ? Comment osent-ils ? Si seulement Femi et moi avions dit la vérité dès le début, ils sauraient que tout ça n'est qu'un mensonge dégoûtant !

Chadé.

Le plan

Chadé voudrait discuter de tant de choses avec Papa ! De Maman, par exemple, même si c'est difficile. Et elle a aussi besoin de conseils à propos de ce qui se passe à l'école.

À son grand soulagement, Marcia et Donna l'ignorent depuis leur expédition chez Daud. Ni l'une ni l'autre ne lui a demandé pourquoi elle a manqué deux jours. Hélas, Mariam aussi garde ses distances. Elle ne s'assoit plus à côté d'elle. Chadé est persuadée qu'elle sait tout. Chadé s'est rendue coupable non seulement de vol, mais aussi de trahison. Mariam s'était confiée à elle comme à une amie. Faute de savoir quelle attitude adopter, Chadé l'évite.

L'arrivée de Papa lui a permis de repousser ces soucis au second plan. Maintenant qu'il est accusé de meurtre, l'esprit de Chadé recommence à bourdonner de façon incontrôlable. Elle rêve que Les-Regards et Les-Doigts poussent Papa dans un avion. Personne ne sait ce qu'il devient, à part son frère et elle. Dans ces circonstances, la patience n'est plus de mise. Il faut agir !

Quand Chadé se rendort, elle fait un autre rêve, très différent de ceux qui l'ont tourmentée jusque-là.

Assise dans une grande salle de classe vide, elle fixe un écran de télévision. Le présentateur du journal télévisé de dix-neuf heures bouge les lèvres, mais aucun son n'en sort. Il est dans un désert, et ses cheveux clairs sont soulevés par le vent et couverts d'un fin sable rouge, pareil au sable poussé par l'harmattan. Les yeux plissés, s'efforçant de voir à travers le nuage de poussière, il dévisage Chadé. À en juger par la façon dont il se penche en avant, il doit parler d'un sujet sérieux.

Soudain, une photographie clignote sur l'écran. Elle représente un homme au visage rond, aux yeux hardis, et au large et beau sourire dans lequel est plantée une pipe au bec incurvé. Ken Saro-Wiwa !

Puis d'autres visages défilent, inconnus. La caméra revient sur le studio, et la poussière rouge se dissipe. Après avoir fixé Chadé, Monsieur Journal-Télévisé tourne la tête vers une petite silhouette assise à ses côtés. Stupéfaite, Chadé se voit en train de se regarder.

À son réveil, Chadé a la tête lourde. Mais, déjà, une idée naît dans son esprit, se précisant petit à petit, exigeant qu'elle y réfléchisse. Quand Tante Gracie frappe à sa porte pour lui demander de se lever, l'idée s'est transformée en plan.

Au petit déjeuner, Mme King ne dit rien de sa discussion avec Maman Appiah et fait de gros efforts pour paraître pleine d'entrain, tout en préparant les sandwiches de leur déjeuner. Le téléphone sonne. Chadé devine que c'est Papa. Va-t-il, lui aussi, tenter de leur cacher la mauvaise nouvelle ? Mais non. Les choses sont trop graves. Cette accusation inventée de toutes pièces prouve que le gouvernement essaie de se disculper du meurtre de Maman. M. Nathan va immédiatement écrire au ministre de l'Intérieur. Papa enverra sa lettre au syndicat des journalistes.

Il parle à Chadé comme il avait l'habitude de s'adresser à Maman, à qui il se confiait toujours. Maintenant qu'elle est morte et qu'Oncle Tunde est loin, à qui Papa peut-il s'ouvrir, sinon à elle, sa fille ?

– Je ne crois pas que les Britanniques m'extraderont. L'affaire Saro-Wiwa est trop récente.

Papa, si sûr de lui jusque-là, hésite, puis reprend :

– Ne vous inquiétez pas. Passe-moi Femi.

Telle une statue de bois, ce dernier se contente de tenir l'écouteur, ne répondant que par quelques grommellements confus. Chadé reprend l'appareil pour dire *o dabo*. Papa a une drôle de voix.

Après avoir fermé le loquet de la barrière, Chadé rattrape son frère pour lui parler. Les arbres nus du trottoir se dressent comme des mains aux doigts noueux et suppliants.

– Je sais comment aider Papa, déclare-t-elle. Est-ce que tu veux bien m'accompagner, après l'école ?

– Où ? demande Femi, l'air suspicieux.

– Je ne sais pas encore, répond-elle calmement. Je vais me renseigner. Mais on doit y aller tous les deux.

– Que va dire Tatie ?

– Je l'appellerai pour lui dire qu'on sera en retard. C'est très important, Femi.

– Mais je vais rater mes émissions si j'y vais !

Chadé s'arrête tout net. Saisissant son frère par le bras, elle l'oblige à la regarder.

– Mais qu'est-ce qui t'arrive, bon sang ? se fâche-t-elle. Tout ça, c'est bien plus important que de regarder la télévision ! Ce n'est pas un jeu. Tu t'en fiches, de Papa, ou quoi ?

Une lueur peinée traverse un instant les yeux de Femi. La mâchoire serrée, il se tait.

– Si tu veux être utile, rendez-vous à l'arrêt de bus en face de ton école. À trois heures et demie.

Tirant brusquement sur son sac à dos, Chadé s'éloigne vivement. Elle se sent coupable d'avoir bousculé son frère, mais elle a vraiment besoin de lui. Si elle le supplie ou le force, il se recroquevillera encore plus dans sa coquille. Elle est obligée de le mettre au pied du mur pour qu'il prenne sa décision. S'il ne vient pas, elle agira seule.

À la récréation, elle se précipite à la bibliothèque. En cours, Chadé a envisagé les différentes façons d'aborder le problème. La réussite de son plan en dépend. Elle pourrait interroger M. Morris, mais elle craint que, sa curiosité éveillée, il ne veuille en savoir davantage. En haut des escaliers, manquant de heurter Mariam, elle se détourne promptement et pousse la porte de la bibliothèque si fort qu'elle s'attend à se faire renvoyer par Mme Howe. Agacée, celle-ci se prépare en effet à expulser le vandale, mais, reconnaissant Chadé, elle se radoucit.

– Que se passe-t-il ? demande-t-elle simplement.

– Excusez-moi. J'ai besoin de l'adresse du journal télévisé de dix-neuf heures. S'il vous plaît.

Quinze minutes plus tard, Chadé traverse la foule des élèves, un papier au fond de sa poche. Les studios de la télévision sont quelque part dans le centre.

Au déjeuner, elle retourne à la bibliothèque pour consulter une carte. Au verso de l'adresse, elle dessine un plan grossier avec les noms des rues les plus importantes. Elle demandera à l'arrêt de bus quelle ligne prendre. Ils devraient trouver sans problème : ils ont bien réussi à se débrouiller seuls le jour de leur arrivée.

Chadé ne s'inquiète pas trop non plus du prix des tickets, car elle a économisé presque tout son argent de poche. Son plus gros souci concerne Femi. Elle espère de tout cœur qu'il viendra.

À quinze heures trente, Chadé arrive à l'arrêt de bus et observe le petit groupe de passagers qui patientent. Son frère n'est pas là. Seuls deux enfants attendent encore devant Greenslades, la tête rentrée dans les épaules pour se préserver du vent. Femi a dû rentrer regarder ses émissions de télé. Tante Gracie lui aura préparé son goûter, et la maison sera chaude.

Chadé ne peut pas lui en vouloir. C'est sa faute : elle aurait dû être plus claire, au lieu de faire des cachotteries. Quand même, elle lui a dit que c'était pour aider Papa. S'en moque-t-il ?

En voulant consulter les horaires, elle s'aperçoit que le petit panneau en verre qui abrite habituellement les numéros de bus et leur itinéraire est brisé. Chadé regarde de nouveau l'école. Les deux enfants ont disparu, et Greenslades semble désert. Elle commence déjà à se sentir seule et transie, même si elle sait que ça sera bien pire ce soir.

Elle s'apprête à interroger quelqu'un sur les bus quand on tire sur son manteau. Elle se retourne vivement. Femi est là ! Pour un peu, elle l'embrasserait. Mais elle se contente de lui faire un grand sourire.

– Où on va ? lui demande-t-il solennellement.

Monsieur Journal-Télévisé

– Rassure-toi, Tatie, tout va bien ! dit Chadé en essayant d'être convaincante.

Femi promène ses doigts sur la vitre embuée de la cabine exiguë. Au bout du fil, Tante Gracie, morte d'inquiétude, multiplie les objections : la nuit est glaciale, ils vont se perdre, Londres est une ville dangereuse, ont-ils pensé à leur père, Oncle Roy va les accompagner s'ils lui expliquent où ils sont et où ils veulent aller... Trois bips signalent à Chadé qu'elle doit ajouter des pièces.

– S'il te plaît, Tatie, on rentrera...

La communication est coupée. Chadé repose le combiné d'une main tremblante. Femi et elle sont obligés d'agir. Seuls. Le monde est plein d'atrocités qu'on ne rend jamais publiques – ce qui est arrivé à Mariam ou aux réfugiés politiques comme la Femme-Dune – et il n'y a aucune raison que l'on parle davantage de Papa. Chadé espère que Monsieur Journal-Télévisé, en voyant des enfants seuls, acceptera de les écouter. Ils devront lui prouver l'importance de leur cas, le persuader d'en parler.

Ils sautent dans un bus marqué Waterloo Bridge, un des noms inscrits sur le papier de Chadé. Elle aimerait se renseigner plus précisément, mais le chauffeur, ronchon, leur rend leur monnaie d'un geste si brusque qu'elle n'ose pas lui parler. Le bas de l'autobus est plein à craquer. Sans protester, elle suit Femi sur l'impériale. Ça sera plus facile de s'orienter, de là-haut.

– Cherche le fleuve, dit-elle à Femi, sans lui avouer que c'est le seul point de repère dont elle est certaine.

Le bus les y conduit directement. Sur ses rives, d'immenses immeubles illuminés s'élancent vers le ciel violet bordant l'eau boueuse. Cette Tamise-là ne ressemble en rien au gros serpent bleu vif du plan consulté ce matin, et encore moins au gribouillis de Chadé. Celle-ci a noté qu'ils devront croiser cinq grandes avenues avant d'arriver au boulevard sur lequel sont situés les studios de télévision. Hélas, il y a aussi un tas de petites rues, et elle est vite perdue. Il faut réagir avant que le bus ne s'éloigne du fleuve, et qu'ils soient définitivement égarés. Ravalant sa timidité, elle tend son papier au jeune homme assis à côté d'elle.

– Excusez-moi, pouvez-vous m'indiquer où nous sommes, sur ce plan ? On veut aller là.

Surpris, son voisin cligne des yeux, puis se penche sur la feuille. Il fronce les sourcils, et Chadé sent son cœur s'accélérer. Sa carte est trop imprécise. Elle aurait dû recopier soigneusement celle de la bibliothèque. Le temps que le type s'y retrouve, ils seront déjà loin.

Soudain, le passager lui rend son papier. Ils ont de la chance : le bus passe juste en bas de l'avenue qu'ils cherchent. C'est là qu'ils doivent descendre.

Sur le trottoir, les enfants se mêlent à la foule emmitouflée. Les magasins et les bureaux ferment, les gens rentrent chez eux. Des Pères Noël joufflus et des bonshommes de neige clignotent en haut des lampadaires ; des guirlandes d'étoiles et d'arbres de Noël scintillent au-dessus du flot de voitures.

Au fur et à mesure qu'ils le remontent, le boulevard se vide : il y a moins de boutiques, moins de monde et plus d'ombres. Chadé repense au Dark-Vador-des-Ruelles.

– C'est encore loin ? demande plaintivement Femi.

Chadé scrute les entrées obscures, cherchant une enseigne ou une plaque de cuivre. Elle n'a aucune idée du genre d'immeuble qui peut abriter les studios.

– Non.

– Menteuse ! Comment tu le sais ? Tu n'es jamais venue.

Femi a parlé sur ce ton geignard qui exaspère toujours un peu Chadé.

– Alors, pourquoi tu me poses cette question idiote ?

Comprenant son erreur, Chadé se mord les lèvres. Femi s'arrête net.

– Si je suis aussi bête, pourquoi tu as besoin de moi ? Donne-moi l'argent du bus ! Je rentre !

– Ne sois pas si...

Elle se retourne. Son frère, les dents serrées, lève le menton, agressif. Il est sérieux. Il est même capable de rentrer à pied. Il va tout faire rater.

– Allez, ne nous disputons pas, plaide-t-elle. Je suis désolée. C'est moi qui suis une idiote. Ce n'est pas en se chamaillant qu'on va aider Papa.

Lentement, les mâchoires et les épaules de Femi se détendent. Ils repartent en silence. Il fait vraiment noir, maintenant. Chadé sent la morsure du froid sur son visage et, malgré ses gants, ses doigts sont gelés.

Enfin, ils aperçoivent une rangée de piliers blancs éclairés. C'est là. L'immeuble, tout en verre, est très différent des autres. Une rampe d'accès mène à deux grandes portes tambours. Dans le hall puissamment éclairé, des arbres d'un vert lustré poussent dans d'immenses bacs, et des écrans de télévision sont accrochés aux murs. Les enfants contemplent en silence ce monde si particulier. Des gens pressés ne cessent d'entrer, se dirigeant aussitôt vers la réception, où un homme vêtu d'un uniforme aux boutons étincelants leur indique telle ou telle direction.

– Tu crois qu'il va nous laisser passer ? demande Femi.

Chadé n'a réfléchi qu'à son entretien. Elle n'a pensé ni aux vigiles, ni à ce qu'elle allait dire pour obtenir de rencontrer le journaliste. Elle a même oublié son nom ! Comment va-t-elle l'appeler ? Monsieur Journal-Télévisé ? Ça paraît ridicule.

– On va l'attendre ici, déclare-t-elle en raffermissant sa voix. Personne n'a le droit de nous chasser.

Le présentateur est sans doute déjà à l'intérieur. Ils vont devoir patienter jusqu'à la fin de l'émission, qui s'achève à vingt heures. Chadé regarde sa montre : seulement dix-sept heures trente. Elle n'avait pas pensé à ça non plus.

– T'es pas folle ? On gèle !

Femi enfonce plus profondément ses mains dans ses poches.

– Quand il verra qu'on l'a attendu dans ce froid, il nous écoutera.

– On sera morts avant !

– Sois sérieux. Tu sais très bien ce que je veux dire.

– Je suis sérieux ! Tu as toujours des idées complètement dingues !

Il en piaille d'indignation, et des bouffées de vapeur s'échappent de sa bouche.

– Comme Papa, ajoute-t-il plus calmement.

Chadé n'est pas sûre d'avoir bien compris ce qu'il entend par là, mais elle ne veut pas se disputer, surtout pas à propos de Papa, et pas devant le studio. Il est peu probable que le journaliste sorte avant vingt heures. Femi a raison, ils vont mourir de froid, ici.

– D'accord, on reviendra plus tard. J'ai de l'argent. Viens, on va s'acheter à manger.

Avant qu'il ait pu protester, elle passe son bras autour des épaules de son frère et l'emmène. Ils n'ont croisé aucun café en venant. Ils vont donc devoir continuer à remonter le boulevard.

– Là ! s'écrie Femi en montrant du doigt un restaurant sur le trottoir opposé.

Un bref instant, cette solution semble idéale. Assis près de la vitre, ils pourront surveiller les studios. Mais Chadé comprend vite que c'est impensable. L'argenterie étincelle sur de vraies nappes, un garçon plie les serviettes en forme d'oreilles de renard tandis qu'un autre allume les bougies.

– On n'a pas assez d'argent, Femi.

– Attends, je regarde ! répond-il avec assurance.

Un menu est accroché près de la porte.

– Ça veut dire quoi, ça, Chadé ?

Il épelle des mots en français, soudain plus réservé. Puis il siffle, ébahi :

– Quatorze livres pour un seul plat !

Il ne résiste pas quand Chadé l'entraîne. Plus ils s'éloignent des studios, plus le quartier est ténébreux et désolé. Les immeubles sont lugubres et menaçants, comme s'ils dissimulaient des fantômes. Chadé s'efforce de cacher sa peur, mais quand trois silhouettes surgies de nulle part titubent dans leur direction, elle agrippe le bras de son frère, qui l'attire à son tour au bord du trottoir.

Un instant, ils vacillent entre le caniveau, les corps chancelants et les phares d'une auto. Une forte odeur d'alcool et le hurlement d'un klaxon les assaillent en même temps. Une fois la voiture disparue, ils traversent à toute vitesse. Chadé va proposer de faire demi-tour quand Femi lui montre une enseigne à quelques mètres de là.

C'est une minuscule échoppe, que le propriétaire s'apprête à fermer pour la nuit. Ils se glissent à l'intérieur. Le marchand rappelle à Chadé l'oncle de Mariam, bien que ce magasin soit deux fois plus petit. Ici aussi, journaux, magazines, confiseries, biscuits et boissons de toutes sortes encombrent des étagères étroites. Chadé choisit un paquet de gâteaux au chocolat, et Femi ouvre le réfrigérateur de boissons. Le commerçant, fatigué, attend patiemment.

Sans rechigner, Femi emboîte le pas à sa sœur en direction des studios. Les piliers blancs se voient de loin comme un phare sur l'horizon. Les portes tambours et les lampes les appellent, tout en les tenant en respect.

Chadé constate avec effroi qu'il leur reste encore deux heures à attendre. Le seul endroit qui offre un semblant d'abri est le petit renfoncement d'un porche en recul de la rue, à côté du restaurant chic.

Femi déchire le paquet de biscuits. Chadé est vite rassasiée, et son frère engloutit les autres, n'en laissant que deux. Craignant d'avoir encore plus froid, elle décide de ne pas boire son coca. Femi, négligeant ce conseil, engloutit sa canette et ne tarde pas à claquer des dents. Sa sœur lui propose plusieurs jeux, histoire de passer le temps. Il refuse. Elle essaie de courir sur place pour se réchauffer, mais ses jambes sont tellement lourdes qu'il lui en coûte de bouger. Femi gèle en silence, et il se laisse faire quand elle l'enlace pour partager le peu de chaleur corporelle qu'il leur reste.

Chadé ne quitte pas les studios des yeux. L'immeuble est animé par un étrange ballet, et ses portes ne restent jamais longtemps immobiles. Certaines personnes s'en vont d'un pas vif, d'autres arpentent le trottoir, agitant la main comme un drapeau. Puis un taxi noir approche, avale son passager et file. Plus rarement, quelqu'un traverse la chaussée, comme pour venir vers eux. Personne ne les remarque.

Chadé ne cesse de regarder sa montre ; mais la grande aiguille paraît ralentir et s'engourdir. Quand, enfin, il est dix-neuf heures cinquante, ils sont raides de froid. Boitillant jusqu'aux studios, ils s'installent à quelques pas des portes tambours. Mieux vaut ne pas attirer l'attention du réceptionniste. Vingt heures. Vingt heures cinq. Où est Monsieur Journal-Télévisé ? Vingt heures quinze. Est-ce que le froid peut vous paralyser à vie ? Vingt heures vingt. Un homme grand et mince à cheveux gris s'éloigne du bâtiment, un bras levé.

C'est lui ! Comment Chadé a-t-elle fait pour le louper ? Il appelle un taxi. Il va partir ! Femi à la remorque, elle se met à courir maladroitement. Ses os semblent si fragiles qu'ils pourraient casser net.

– S'il vous plaît ! Attendez ! S'il vous plaît !

Les mots s'échappent par saccades de ses lèvres gercées. L'homme se retourne au moment où Femi trébuche, glisse et tombe à ses pieds. Le journaliste le rattrape juste avant qu'il ne touche le sol. Un taxi noir vient se ranger à côté d'eux.

– Je vous en prie... S'il vous plaît ! Nous devons... vous parler... s'il vous plaît.

Les yeux du présentateur sont plus grands qu'elle ne l'aurait cru. Le front plissé, il aide Femi à se relever. Puis il secoue la tête à l'intention du chauffeur de taxi. Le cœur de Chadé bondit dans sa poitrine : il veut bien les écouter.

– Venez à l'intérieur. J'ai comme l'impression que vous avez besoin d'une boisson chaude.

Ignorant les regards curieux, Chadé se laisse conduire derrière les portes de verre, puis dans un ascenseur et à travers des couloirs. Le journaliste les pousse devant lui jusqu'à un bureau.

Chadé a oublié le discours qu'elle a préparé. Monsieur Journal-Télévisé, assis en face d'eux, attend patiemment. Tandis que ses doigts se réchauffent autour d'un gobelet de cacao, elle finit par retrouver le fil de son récit.

Elle commence par Papa, enfermé à Heathlands. Papa, qui croyait si fort à la vérité qu'il a rendu furieux les Cinq-Étoiles de leur pays. À tel point qu'ils ont voulu le faire taire et ont assassiné Maman...

Elle détricote lentement leur histoire, jusqu'aux agents de l'Immigration qui envisagent de renvoyer Papa entre les griffes de ceux qui souhaitent l'éliminer. Voilà pourquoi elle et Femi sont venus ici.

Se penchant vers elle, Monsieur Journal-Télévisé lui demande gentiment :

– Et vous deux ? Tu ne m'as pas beaucoup parlé de vous. Quelle école fréquentez-vous ?

Ces mots, en dépit de leur douceur, ébranlent Chadé. C'est comme si une mine enterrée explosait soudain. Elle ne peut plus soutenir le regard du journaliste, certaine qu'il va deviner comme elle est devenue fausse et menteuse. À son grand embarras, les larmes la submergent.

– Désolé, je ne voulais pas..., murmure le présentateur en tirant de son manteau un mouchoir soigneusement repassé, qu'il lui tend.

– On est venus en fraude, déclare brusquement Femi. C'était horrible.

Enfoncé jusque-là dans un mutisme buté, il vole au secours de sa sœur au moment où elle craque. Il parle sans détours de Mme Bankole, qui a pris l'argent d'Oncle Tunde et les a abandonnés dès leur arrivée en Angleterre. Il raconte l'absence d'Oncle Dele et leur désarroi. Il évoque l'homme qui, dans l'allée sombre, les a volés, et celui qui, dans la boutique vidéo, les a accusés d'être des casseurs. Il explique aussi qu'ils ont été obligés de donner leurs empreintes comme des criminels. Il prononce à cette occasion bien plus de mots qu'il n'en a prononcé depuis des semaines. Sa franchise le fait ressembler à Papa. Enfin, aussi soudainement qu'il a commencé, il s'interrompt, apparemment épuisé.

Le visage de Monsieur Journal-Télévisé est grave. Qui s'occupe d'eux, maintenant ? Où vivent-ils ?

Il va appeler un taxi pour les reconduire chez eux. Il les remercie de leur visite et promet d'enquêter sur leur père. Mais il ne peut pas leur jurer d'en faire sa une. Tandis qu'il les raccompagne, Chadé sent son cœur se serrer douloureusement.

L'attente

Quand les enfants descendent du taxi, la porte d'entrée s'ouvre à toute volée. L'inquiétude se lit sur le visage de Tante Gracie : le gris de ses cheveux semble avoir envahi son visage. Plus grave que furieux, Oncle Roy l'enlace. Elle insiste calmement pour que les enfants mangent un morceau avant de s'expliquer. Comme Femi ne dit rien, c'est Chadé qui parle. Elle se sent coupable : les King, bouleversés, les ont cherchés dans tout le quartier. Lorsque son récit est achevé, ils se détendent enfin.

– Il me fait l'effet d'un homme très convenable, déclare prudemment Oncle Roy. On n'a plus qu'à attendre et voir, hein ?

Le lendemain, à dix-neuf heures, tous les quatre s'installent devant la télévision. Chadé a appelé Papa pour qu'il ne manque pas ça. Elle s'est bien gardée de lui expliquer comment ils ont rencontré Monsieur Journal-Télévisé. Il a eu l'air content.

Il n'y a qu'un poste pour tous les détenus, mais la plupart suivent attentivement le journal, dans l'espoir d'avoir des nouvelles de leur pays. Des disputes éclatent parfois avec ceux qui préfèrent les jeux, les films ou le sport, mais Papa lui assure qu'il saura persuader les autres.

Ce soir-là, Monsieur Journal-Télévisé et ses collègues ne parlent pas de leur histoire. Le lendemain non plus.

Malgré les propos rassurants d'Oncle Roy – ce doit être difficile de vérifier les informations en provenance du Nigeria –, les espoirs de Chadé s'amenuisent. Au téléphone, Papa semble découragé. Il n'a pas reçu de réponse du syndicat des journalistes, ni de M. Nathan.

À l'école, Chadé a du mal à se concentrer. Même quand M. Morris leur demande de faire des recherches en vue d'un petit reportage qui pourrait figurer au programme d'*À la une*. Comme ils travaillent par groupes de deux, Chadé se retrouve avec Mariam. Un silence gêné s'installe, qui empire quand Donna, passant la tête entre elles, lâche :

– Alors, les filles ? Et moi qui croyais que vous étiez copines !

Ces paroles brûlent Chadé, qui voudrait gifler la peste. Quant à Mariam, elle a l'air aussi malheureuse qu'elle. Elles finissent par s'avouer que le sujet ne les inspire pas.

Le vendredi soir, Chadé monte dans sa chambre sous prétexte de faire ses devoirs. En fait, elle se glisse sous ses couvertures et n'en bouge plus. À dix-neuf heures, elle se force à redescendre. Les King regardent la télévision, mais Femi lui tourne le dos. Il fait une patience, abattant violemment les cartes sur le tapis avec des claquements de langue. Monsieur Journal-Télévisé, assis derrière son bureau, attend que la musique s'arrête. Il porte une jolie cravate aux couleurs chatoyantes : un orange papaye qui se fond dans un crépuscule de rouge, rose et violet. Papa, qui déteste les cravates, aimerait peut-être celle-ci. Ils ne se sont pas parlé depuis plusieurs jours.

Soudain, Chadé se redresse. Derrière le présentateur vient d'apparaître une photo de Papa ! Un Papa souriant et beaucoup plus jeune, mais c'est bien lui.

– Femi ! Regarde !

Il se retourne brusquement.

« Le journaliste nigérian Folarin Solaja, actuellement détenu pour être entré illégalement en Grande-Bretagne, est au cœur d'une polémique. Le gouvernement Abacha le recherche pour meurtre, et a exigé son extradition. Solaja a demandé l'asile politique. Après l'exécution de l'écrivain Ken Saro-Wiwa, l'affaire est délicate. Nelson Mandela, le président d'Afrique du Sud, continue de réclamer des sanctions contre le régime dictatorial des militaires nigérians.

Je vous rappelle que la Grande-Bretagne a durci sa politique envers les candidats à l'asile politique, considérant que beaucoup ne méritaient pas ce statut.

Pour en débattre, nous avons invité sur ce plateau Tara Mosam, écrivain et réalisatrice. Elle rentre tout juste du Nigeria, où elle a suivi l'affaire Saro-Wiwa.

– Tara Mosam, que savez-vous de Folarin Solaja ?

La caméra cadre une jeune femme aux cheveux noirs coupés en un carré sage.

« Il est connu au Nigeria. Il appartient à un petit groupe de journalistes courageux, qui persistent à dénoncer les violations des droits de l'homme par le gouvernement militaire. Il travaille à *Paroles*, un hebdomadaire modeste mais accomplissant un important travail, qui joue au chat et à la souris avec les autorités. Le journal a ainsi déménagé plusieurs fois de suite pour éviter la fermeture. Contrairement à Ken Saro-Wiwa, Folarin Solaja n'est pas connu en dehors de son pays.

– Quels sont les événements qui l'ont poussé à demander l'asile politique ici ?

– Il y a environ cinq semaines, il a été la cible d'un attentat. Des inconnus ont tué sa femme à son domicile. Apparemment, Solaja avait reçu des menaces de mort dont il n'avait pas tenu compte. Quoi qu'il en soit, après l'assassinat de son épouse, il a dû se cacher. Selon le ministère de l'Intérieur, il a été arrêté à l'aéroport de Londres, il y a quinze jours, en possession d'un faux passeport. N'ayant pas formulé immédiatement de demande d'asile, il est susceptible d'être reconduit à la frontière.

– Y a-t-il un moyen d'empêcher ça ?

– Solaja a fait appel, disant qu'il risque la mort au Nigeria. Par ailleurs, ses enfants sont ici, en Angleterre. Ils sont arrivés illégalement, tout de suite après le décès de leur mère. Mais le ministère de l'Intérieur nie avoir une quelconque trace de leur existence. »

Monsieur Journal-Télévisé va-t-il dire qu'il les a rencontrés, et que le ministère se trompe ?

« J'ai cru comprendre que le Nigeria a demandé son extradition ?

– En effet. Sous un prétexte assez inattendu. Les autorités accusent désormais Solaja du meurtre de sa femme. Plusieurs voix au Nigeria se sont déjà élevées pour dénoncer une aberration destinée à protéger les vrais assassins. Il est clair que, si Folarin Solaja est renvoyé chez lui, il courra un grand danger. Comme vous le savez, on soupçonne fortement que le procès de Saro-Wiwa et de ses collègues a été truqué.

– Merci de ces précisions, Tara Mosam. Nous suivrons cette affaire avec attention. Après la pause... »

– Félicitations, les enfants ! s'exclame Oncle Roy en applaudissant. Vous avez réussi !

– Mais il n'a pas dit que c'était nous... qu'on lui a tout raconté ! déclare Femi, troublé.

– C'est du détail, répond Chadé. Mon prof d'anglais insiste toujours pour qu'on s'en tienne à l'essentiel.

– Alors, c'est sûrement pour ça, déclare gentiment Tante Gracie. En tout cas, maintenant que votre père est passé au journal, ça ne va pas être aussi simple de le renvoyer chez lui !

Le lendemain matin, Oncle Roy les accompagne à la bibliothèque pour y consulter les journaux. Trois quotidiens reprennent l'histoire, et l'un d'eux a imprimé la photo de Papa jeune. En rentrant à la maison, ils achètent leurs propres exemplaires et les relisent. C'est alors que Chadé repère deux phrases qui leur ont échappé à la première lecture : « Un porte-parole du groupe Nigérians pour la Démocratie a annoncé l'organisation d'une manifestation dimanche, afin de réclamer la libération de Folarin Solaja. Selon des rumeurs non encore confirmées, Solaja aurait par ailleurs entamé une grève de la faim. »

Les feux de la rampe

Quand Oncle Roy et les enfants arrivent devant le centre de détention, un groupe les attend en brandissant des affiches. « Solaja doit rester ! N'oubliez pas Ken Saro-Wiwa ! Une presse libre pour le Nigeria ! Assez d'extraditions ! » disent les slogans.

Dans une ambiance fraternelle, les gens discutent, rient, s'interpellent. Chadé et Femi se regardent, émus : c'est leur père qui a déclenché tout ça ! Ça va lui remonter le moral.

Au téléphone, Chadé lui a demandé s'il faisait vraiment une grève de la faim. Papa lui a répondu de ne pas s'inquiéter. Le plus important était qu'on parle de lui. Depuis, chaque fois qu'elle mange, Chadé y pense : comment ça fait, de ne rien manger du tout ?

Derrière la clôture, un gardien fait les cent pas la tête haute, ignorant la foule. Mais les caméras sont braquées sur les manifestants. Chadé voit aussi trois cars de police garés sur le parking, près du portail. Craignent-ils des dérapages ? À cet instant, des cris fusent :

– Solaja doit rester !

– Pas d'extradition !

Oncle Roy serre la main de Chadé dans la sienne, et Femi se colle à sa sœur. Ils se rapprochent de l'entrée. Sortant de la foule, un homme au fort accent nigérian s'adresse à M. King :

– Ce ne serait pas les enfants Solaja, par hasard ? Le garçon lui ressemble comme deux gouttes d'eau.

Femi a beau froncer les sourcils, il a l'air tout content.

– Ce sont bien eux.

– Écoutez tous ! crie aussitôt l'homme à la foule. Voici les enfants de Folarin Solaja ! Ces enfants, dont les types de l'Immigration prétendent qu'ils n'existent pas ! Regardez, ils sont venus voir leur père !

Les manifestants applaudissent. Le porte-parole, enthousiaste, s'adresse ensuite à Chadé et Femi :

– Dites-lui que nous le soutenons. Nous aimons ses articles. Le Nigeria a besoin d'hommes comme lui.

Les enfants et Oncle Roy sourient.

– On n'abandonnera pas, poursuit l'homme. On manifestera jusqu'à ce qu'ils le libèrent. Vous savez...

– Laisse-les donc y aller, maintenant ! l'interrompt un autre en riant. Ils ne sont pas venus écouter tes grands discours !

– Merci, répond Chadé. Nous lui transmettrons.

Le portail, qui s'est ouvert tout seul le jour où ils sont venus avec Maman Appiah, reste fermé. Les Regards les observent. Enfin, il s'écarte en bourdonnant et ils peuvent entrer. Le silence qui règne à l'intérieur est sinistre. On n'entend plus les cris des manifestants. Quand Oncle Roy annonce qu'ils viennent voir Folarin Solaja, l'air lui-même semble se figer.

Un surveillant les escorte jusqu'au parloir.

– Il est là, leur annonce une gardienne en indiquant la pièce de ses yeux verts.

Mais il a déjà une visite ! Qui est-ce ? Les enfants se précipitent. Papa discute avec un homme. Lorsque celui-ci se retourne, Chadé sursaute. Oncle Dele ! Il est beaucoup plus vieux que dans ses souvenirs. S'ensuit un tumulte de mots et d'embrassades. Papa serre la main de M. King et l'attire dans leur cercle familial. Oncle Dele, les yeux humides, s'extasie sur les enfants, puis tout le monde s'assoit.

– Tu as la même barbe que Papa ! se moque Femi. Toi aussi, tu as copié Oncle Tunde !

– Tu étais introuvable ! s'écrie Chadé d'un ton de reproche. Où étais-tu passé ?

– C'est une longue histoire, et cette barbe en fait partie ! sourit Oncle Dele en grattant les poils noirs et raides de son menton.

– Après ce qu'ils ont vécu, soupire Papa, plus rien ne les surprendra.

Oncle Dele collaborait au groupe Nigérians pour la Démocratie, un mouvement qui se bat pour que de vraies élections libres soient organisées au Nigeria. Il a commencé à subir des intimidations – des coups de fil à la maison et au travail. Au début, il les a ignorées, mais le ton s'est fait plus menaçant. Le lendemain de la pendaison de Saro-Wiwa, il a trouvé un papier glissé dans sa boîte aux lettres lui annonçant qu'il était le prochain sur la liste. Il s'est aussitôt caché.

– C'était deux jours avant que Maman soit tuée, ajoute Papa d'une voix douce.

Des amis anglais ont hébergé Oncle Dele en lieu sûr, à la campagne, pendant quelques semaines. Le journal télévisé de vendredi a été un vrai choc pour lui, et il a décidé de sortir de la clandestinité pour aider son frère. Il a convoqué la presse à Heathlands aujourd'hui, pour une interview.

– Mais cette grève de la faim, ajoute Oncle Dele, je ne crois pas que ce soit une bonne idée. Pense à ta santé, Folarin.

Papa lève les mains. Déjà, son visage paraît plus mince à Chadé.

– Comme ça, on parlera de moi. Pas très longtemps, sans doute, mais assez pour empêcher l'Immigration de me fourrer en douce dans un avion.

Chadé regarde ses doigts s'agiter. Quand Papa a décidé quelque chose, le faire changer d'avis est aussi difficile que déraciner un baobab. Elle a toujours adoré sa façon de raisonner. Comme elle aimerait lui parler de Mariam ! Seule à seul.

Lorsque les enfants s'apprêtent à partir, Papa attire Chadé contre lui :

– Continue à m'écrire, ma chérie. Tant que nous avons des stylos et du papier, nous existons.

Ces mots se bousculent encore dans la tête de Chadé quand la porte se referme bruyamment sur eux. En silence, ils suivent lentement un gardien à travers les flaques de lumière jaune qui éclaboussent la cour de la prison. Dehors, ils sont accueillis par des hourras et des flashes.

L'aveu

Dans l'allée de l'école, le brouillard s'étire entre les arbres squelettiques, s'agrippe aux buissons gelés.

Très tôt le matin, il y avait quelquefois de la brume dans la forêt. Chargée des odeurs du bois et du sol humide, elle s'élevait en vagues, comme un oiseau à longue queue que l'on a débusqué pour le forcer à révéler où il cache son nid. Grand-Mère ne les autorisait jamais à s'éloigner du jardin avant que le brouillard se soit dissipé, racontant que des gens s'y étaient perdus. Elle évoquait des histoires de lutins, d'esprits sylvestres jouant de vilains tours, envoûtant les promeneurs, qui ressortaient de là les yeux hagards et la folie sur la langue.

Chadé scrute le demi-jour. Reconnaissant la mince silhouette qui se tient à l'écart des autres, elle se précipite.

– S'il te plaît, chuchote-t-elle, le cœur battant, j'aimerais te parler.

Le hall est noir de monde, mais personne ne leur prête attention quand elles se pelotonnent dans un coin. Les bras croisés, attentive mais sur ses gardes, Mariam se tourne vers Chadé. Celle-ci se lance :

– J'ai... j'ai volé un briquet à ton oncle.

Chadé s'attend à ce que l'horreur et le dégoût modifient les traits sereins de la Somalienne, mais pas un muscle de son visage ne bouge. Son regard reste immobile, lui aussi.

– Marcia m'a dit que si je ne le faisais pas, son cousin frapperait mon frère. Elle et Donna m'ont accompagnée. J'ai volé le briquet pendant qu'elles parlaient à ton oncle, et...

Elle hésite, le sang battant follement ses tempes :

– Cette dame, c'était ta mère ?

Mariam acquiesce. Sa méfiance rappelle à Chadé celle de la femme au mince visage osseux dans la boutique.

– C'étaient ma mère et mon oncle, et ils savent.

C'est dit si doucement, avec si peu d'émotion que Chadé n'est pas certaine d'avoir bien compris.

– Elles m'ont fait ça aussi, continue Mariam sur un ton neutre. Mais toi, tu ne me parles plus, tu ne veux pas être mon amie.

C'est une véritable accusation, prononcée calmement.

– Ils... tu... savais ? Pourquoi ton oncle ne m'a pas arrêtée ? Qu'est-ce que Marcia t'a fait ?

– Elles me demandent de voler mon oncle. Soit je leur donne le stylo doré, soit elles me tapent. Mais je raconte tout à Maman, et mon oncle me donne le stylo. « Dis-leur que tu l'as volé, il me conseille. Ce sont de mauvaises filles. Évite-les. » Alors je donne le stylo à Marcia et je suis tranquille.

Chadé est stupéfaite. Mariam et les siens ont deviné depuis le début. Papa n'aurait sûrement pas parlé comme l'oncle de Mariam. Comment décide-t-on de ce qu'il faut faire ? C'est si difficile ! Chadé admire la Somalienne d'avoir parlé à sa mère et son oncle. Ils ont affronté le problème ensemble.

La sonnerie a retenti, et le hall est presque vide. Chadé s'oblige à regarder Mariam droit dans les yeux :

– Je suis désolée. Tu m'as raconté ton histoire, et moi, je ne t'ai rien dit.

– Tu as des soucis, se radoucit Mariam. Viens, on est en retard. On reparle à la récré ?

Quand elles arrivent en classe, le professeur d'anglais est en train de faire l'appel. Au lieu de les sermonner, le regard de M. Morris s'attarde sur Chadé, comme pour la photographier.

– Ah ! Te voilà ! fait-il.

Marcia a du mal à dissimuler sa surprise – est-ce de voir ses deux victimes de nouveau ensemble ?

– Pourquoi vous ne dites rien, M'sieur ? Vous nous gronderiez, nous, si on arrivait en retard !

La voix de Donna est aussi hérissée que ses cheveux.

– En effet ! Ne serait-ce que pour savoir si ton excuse est meilleure que la dernière que tu m'as servie.

Il y a des rires étouffés, y compris du côté de Kevin. À la fin de l'appel, M. Morris autorise les élèves à discuter entre eux en attendant leur premier cours. Puis il fait signe à Chadé.

– J'aimerais te parler en privé.

– Tu vas te faire remonter les bretelles en privé ! siffle Donna dans l'oreille de Chadé. Fayote !

– Je viens aussi, monsieur ? demande Mariam en se levant. Moi aussi, j'étais en retard.

Chadé n'en revient pas. Malgré tout ce qui s'est passé, son amie est prête à partager avec elle les foudres de l'enseignant !

– Non, merci. Cela ne concerne que Chadé.

Jetant un coup d'œil à la classe, M. Morris ajoute :

– Je suis derrière la porte. Si j'entends quoi que ce soit, je vous colle une retenue en guise de cadeau de Noël.

Étourdie, Chadé lui emboîte le pas. Que lui veut-il ? Elle a déjà bien assez de soucis. Dans sa vie d'avant, quand un professeur demandait à lui parler, elle se mettait à penser à son Iyawo tranquillement installée sur son bureau, à la courbe gracieuse de son cou et à son beau visage serein. Cela suffisait à calmer le remue-ménage des papillons dans son ventre. Elle décide d'utiliser la même recette, mais la seule image qui lui vient est celle d'une Iyawo desséchée, au bois craquelé et fendu. Ses cheveux sont des tunnels creusés par les termites. Consternée, Chadé baisse la tête. Alors, tout vole en éclats.

Quand elle rouvre les yeux, elle est allongée sur un lit, et une silhouette se penche sur elle, d'abord floue, puis de plus en plus précise. C'est Mlle Harcourt. M. Morris n'est plus là, ni la classe, ni le couloir. Chadé est dans une pièce où tout est blanc – les murs et les draps, le panneau au bout du lit, la chaise à côté d'elle. L'enseignante lui demande comment elle se sent. Chadé se contente de hocher la tête. Tout en elle lui paraît lourd, surtout sa langue.

– Tu nous as fait drôlement peur ! T'évanouir comme ça ! Mme King arrive... besoin de voir un médecin, mais... probablement le stress. On n'était pas au courant de...

Chadé dérive, tantôt présente, tantôt absente. Visiblement, l'école n'ignore plus rien de Papa. Et pour Maman ? Savent-ils ce qu'elle est devenue après que les ambulanciers l'ont emportée ? Elle, elle l'ignore. Et Papa, le sait-il ? Pas une fois, elle n'a eu l'occasion de l'interroger.

– Si jamais, continue Mlle Harcourt... aider... faire face...

Chadé s'enfonce de nouveau dans le noir.

Le médecin de Tante Gracie déclare qu'elle n'a rien. Ses yeux de chouette bienveillants clignent derrière d'épaisses lunettes rondes.

– Elle vient de vivre des moments difficiles, dit-il. Un adulte n'y aurait pas résisté. Cette enfant a besoin de repos. Il faut qu'elle s'alimente.

Tante Gracie entraîne le docteur à l'extérieur de la chambre aux ananas.

– Je crois qu'elle a du mal à manger, parce que son père fait...

Les voix s'éloignent dans l'escalier, vite inaudibles.

Les remords

Tante Gracie tente de mettre Chadé en appétit : elle lui apporte un bol de soupe sur un plateau décoré de fleurs multicolores. La jeune fille évite son regard et fixe les dessins pourpres, qui ressemblent à des boutons de flamboyants.

– Ma mère me préparait le même bouillon, fait Tante Gracie. Elle disait que ça me remettrait sur pied.

– Je n'ai pas faim.

Mme King lui prend la main et la caresse :

– Je sais. Mais ta maman aurait voulu que tu manges.

C'est la première fois qu'elle mentionne Maman. Une petite explosion silencieuse se produit dans l'esprit de Chadé, comme après une descente en avion, lorsque les oreilles se débouchent. C'est effrayant : elle a l'impression d'entrer en terrain inconnu.

– Je vais essayer, Tatie.

Elle se force à boire quelques gorgées ; mais, à son immense soulagement, Tante Gracie se retire bientôt, et elle peut se réfugier dans le sommeil.

Lorsqu'elle se réveille, le jour décline. Femi a dû rentrer de l'école, mais Tante Gracie lui a certainement demandé de ne pas déranger sa sœur. Chadé tire les rideaux et allume la lampe du bureau. Ainsi baignée de lumière jaune, la chambre est réconfortante.

Puis elle sort ses feutres et un bristol, et se met à dessiner. D'abord un flamboyant, dont les branches s'étalent à travers la feuille. Juste à côté, un gros papayer, aussi droit et élégant qu'une femme portant une jarre d'eau sur sa tête. Enfin, des touffes de citronnelle.

Une fois son œuvre achevée, elle plie le bristol et écrit soigneusement à l'intérieur :

À la mère de Mariam, à son oncle et à Mariam,
un Joyeux Noël
De la part de Chadé.

Elle reste assise un moment, le stylo suspendu, triturant les mots dans sa tête. Puis elle écrit juste :

Je suis désolée.

Le bas de la carte paraît vide. Peut-être pourrait-elle dessiner un magnolia, comme celui qui poussait sous la fenêtre du bureau de Papa ? Mais, soudain, elle s'inquiète : que va penser Mariam ? Sa famille est musulmane, et ils ne fêtent pas Noël. Va-t-elle accepter ses excuses ?

Chadé hésite à déchirer son dessin. Le tenant grand ouvert, elle contemple le message, puis tire brusquement de chaque côté. Mais le carton refuse de céder, et Chadé se met à trembler de rage.

Elle jette la feuille et les feutres dans un tiroir et se remet au lit. Marcia et Donna l'ont mise dans une situation affreuse. Si seulement ces deux pestes n'avaient jamais posé les yeux sur elle ! Elle ne veut plus retourner dans cette école. Ni rester ici. Elle veut rentrer chez elle. À Lagos. Elle n'a pas choisi de venir. Sa tête bourdonne. Pourquoi Papa a-t-il écrit tous ces articles qui ont exaspéré les Cinq-Étoiles ? Pourquoi ne s'est-il pas tenu à l'écart des ennuis, comme le conseille l'oncle de Mariam ?

La porte de la chambre s'entrouvre, et Femi passe la tête dans l'entrebâillement, un doigt sur les lèvres.

– Tante Gracie m'a dit de te laisser dormir, chuchote-t-il.

– Va-t'en ! hurle Chadé. Dégage !

Stupéfait, son frère courbe le dos et tourne les talons. Mais elle a eu le temps de sentir sa peur. Elle enfouit sa tête dans l'oreiller. Qu'est-ce qui lui prend ? « La méchanceté se glisse en toi comme une aiguille et y grandit comme un chêne. » Voilà ce qu'aurait dit Maman si elle l'avait entendue. Elle a laissé la méchanceté envahir son cœur. Comment ose-t-elle faire des reproches à son père ?

En tremblant, Chadé imagine les yeux et la voix de sa mère. Il est temps d'affronter la vérité qu'elle a essayé de fuir jusque-là : c'est à cause d'elle que Maman est morte. Elle a toujours été lente à se préparer. Ce jour-là, Femi était déjà prêt. C'est Chadé qui les avait mis en retard. Qui les avait fait attendre. S'ils étaient partis plus tôt, Joseph aurait eu le temps de fermer le portail, et Maman serait toujours en vie.

Le soir, un bref reportage au journal télévisé les montre en train de sortir de Heathlands et passe l'interview d'Oncle Dele. Femi vient chercher Chadé, mais elle refuse de descendre.

Une visite

Comme le trimestre se termine dans deux jours, le médecin a autorisé Chadé à rester à la maison. Elle ne veut penser ni au collège, ni aux élèves. À rien et à personne.

En lui montant son petit déjeuner, Tante Gracie lui apprend que Maman Appiah a prévu de passer dans l'après-midi. Pour avoir la paix, Chadé se force à manger quelques cuillerées de céréales.

Toute la journée, elle reste couchée, écoutant la petite radio que Mme King lui a prêtée. Elle tente de lire un livre de la bibliothèque, mais tenir le livre – et même garder les yeux ouverts – lui demande trop d'énergie. La musique, au moins, lui remplit la tête. Elle somnole.

Elle se réveille soudain en sursaut. Elle a rêvé d'une file de gens décharnés marchant péniblement dans le sable. La première silhouette agite les bras de façon familière. L'image se rapproche, et Chadé reconnaît son père, en tête de cette colonne d'affamés. Il parle avec ses mains.

Vers seize heures, la sonnette retentit. Chadé se retourne contre le mur. Peut-être que Maman Appiah ne restera pas si elle craint de la déranger ? Telle une sirène destinée à l'avertir, la voix de Tante Gracie s'élève dans l'escalier.

– Comme c'est gentil de venir la voir. Chadé va être très contente. Quelques minutes seulement, parce que le docteur lui a ordonné de se reposer. Si ça se trouve, elle dort.

Chadé guette la voix sonore de Maman Appiah, en vain.

– De la visite pour toi, annonce Mme King d'un ton léger. Une camarade de classe. Ton amie.

Se soulevant sur un coude, Chadé aperçoit Mariam, une grande enveloppe blanche à la main.

– On a fait une carte pour toi. Je te l'apporte.

Chadé la contemple, immobile.

– C’est charmant ! s’exclame Tante Gracie. Comme c’est gentil, n’est-ce pas, Chadé ?

Prenant l’enveloppe des mains de Mariam, elle la tend à la malade.

– Je vous laisse, les filles. Dix minutes, d’accord ?

Dans un silence pesant, Chadé regarde la carte. Sur le premier volet, il y a des tas de fleurs et un gros « Rétablis-toi vite ! » Une feuille glisse sur le lit. Chadé l’ignore, examinant la mosaïque de noms et de messages à l’intérieur. Sous un « J’espère que tu te sens mieux », quelqu’un a ajouté « Et que ton père sera bientôt libre ». Elle parcourt des yeux les « Bonne chance », les « Meilleurs vœux », les « À bientôt ». Il y a là des noms qu’elle connaît, d’autres sur lesquels elle ne met même pas de visage. Et là, coincés en bas, elle bute sur le « Amitiés, Marcia » et, juste au-dessous : « Donna, Bisous ». Les menteuses ! Et les autres ? Mentent-ils aussi ?

Consciente que Mariam attend sa réaction, Chadé s’oblige à relire. M. Morris et Mlle Harcourt ont signé aussi. Finalement, elle repère ce que sa visiteuse attendait qu’elle remarque : « Ma famille te souhaite un bon rétablissement. Mariam. »

– Merci, murmure-t-elle. Moi aussi, j’ai quelque chose pour toi, mais ce n’est pas terminé.

Elle sort sa carte de Noël et ses feutres du tiroir. Mariam s'assoit au bord du lit, tandis que Chadé travaille en silence, dessinant une rangée de palmiers dans l'espace blanc qu'elle a laissé. De courtes stries brunes et légères représentent le sable. Dessous, en vert émeraude, elle écrit : « J'espère qu'un jour vous rentrerez chez vous. »

Elle hésite, se demandant s'il faut ajouter quelque chose au sujet du frère de Mariam. Peut-être que non : ce souvenir risque d'être douloureux. Pourtant la Somalienne lui en a parlé spontanément, comme elle a mentionné la mort de son père. Voilà quelque chose que Chadé devra apprendre – à parler de Maman. Elle tend son œuvre à son amie en lui expliquant qu'elle a dessiné le jardin de derrière chez elle.

– Mon frère, Femi, utilisait les flamboyants comme buts.

– Hassan aussi... il aimait le foot... mais maintenant... maintenant, je ne sais rien.

Tante Gracie passe la tête par la porte et annonce que la visite est terminée. Le visage grave de Mariam s'éclaire d'un beau sourire. Elle montre la lettre tombée sur le lit :

– Peut-être ça te fera plaisir. Morris est fier de toi et que tu sois son élève.

Chadé ramasse le morceau de papier.

– Lis. Moi, j'y vais, sinon ma mère va s'inquiéter.

La Somalienne lève la main en guise d'adieu, puis interrompt son geste.

– J'ai oublié ! Marcia et Donna ont des ennuis. Le directeur leur a demandé de venir le voir, et elles n'étaient pas en classe cet après-midi. Le père d'un sixième a porté plainte.

Puis Mariam dit au revoir et s'en va. Chadé se rappelle qu'elle a un moment envisagé de demander son aide à Papa. Ce sixième a eu le courage d'ignorer les menaces des deux pestes. Pour chasser ces pensées pénibles, Chadé rallume la radio et déplie la lettre.

Chère Chadé,

Toute la classe t'envoie ses vœux les plus sincères et espère que tu profiteras des vacances de Noël pour te reposer. Quelques élèves t'ont, comme moi, vue au journal télévisé. Ça nous a fait un choc d'apprendre ce que toi et ta famille avez enduré. Je me sens coupable de t'avoir laissée croire que tu risquais des ennuis quand, lundi, j'ai demandé à te parler. En réalité, c'était tout l'inverse.

Le vendredi, j'avais reçu un coup de téléphone de la productrice de l'émission *À la une scolaire*, qui m'a expliqué que toi et ton frère, très courageusement, étiez venus raconter votre histoire au présentateur du journal télévisé. Il avait été si impressionné qu'il proposait de mettre le sujet des réfugiés au programme de la prochaine émission. Lui et la productrice souhaitent que toi (et ton frère, s'il est d'accord) y participiez. Notre classe a aussi été invitée à présenter un reportage. Voilà de quoi je voulais te parler.

Prends ton temps. Personne n'est au courant de cette invitation, et tu ne dois pas céder à la pression. Tout ce que j'ai dit à la classe, c'est que tu étais à l'origine du fait que l'on parle de ton père. Il est sans doute très fier de toi ; nous le sommes tous, et nous comprenons à quel point tu t'inquiètes pour lui.

L'idée de la carte vient des élèves. Ils m'ont également demandé de te dire combien ils ont été tristes d'apprendre le décès de ta mère. Recevez, toi et ton frère, nos condoléances.

Très sincèrement,

Duncan Morris

La disparition

Noël approche. La visite de Mariam et la lettre de M. Morris ont un peu réconforté Chadé, qui a commencé à quitter sa chambre. Au salon, les cartes de vœux recouvrent la cheminée et les étagères de la bibliothèque. Des oiseaux minuscules et des animaux en bois peint sont suspendus aux branches du sapin, entre des étoiles et des anges saupoudrés de paillettes, que les enfants King ont fabriqués il y a longtemps.

Tante Gracie passe son temps aux fourneaux, à cuisiner tourtes, tartes et gâteaux, et elle a proposé à Chadé de l'aider. Ses enfants sont attendus le vingt-quatre au soir. Oncle Roy est parti faire le tour des voisins et amis, pour leur emprunter des lits pliants. Pétrissant la pâte jaune pâle dans laquelle elle va découper des gâteaux secs, Chadé songe que ces préparatifs ne lui rappellent en rien les Noëls qu'elle a vécus jusque-là.

Papa les comparait à des pigeons voyageurs. Pour la Noël, venus des quatre points cardinaux, des Solaja et des Adewale arrivaient au village. Sur une carte, leurs trajets auraient dessiné une toile d'araignée géante, s'étalant à travers tout le pays, avec au centre la Maison de famille. Au village vivaient les anciens – Grand-Mère, Baba Akin, Baba Kayode...

Noël réunissait Grand-Mère, Maman et Papa, les oncles et tantes, les petits et grands, les innombrables cousins et cousines.

Noël, c'était courir derrière les poulets et les chèvres, ou grimper sur Baba Baobab – le plus vieil arbre du monde, prétendait Femi.

Noël, c'était écouter les histoires de Baba Akin, pourchassé dans la forêt par un iwin[1] *quand il était*

1. Esprit vivant dans la forêt.

enfant. Mais, avant, ils le regardaient décrocher les feuilles de tabac des poutres de la remise, les écraser dans sa main à la peau dure comme du cuir et les tasser avec son petit doigt dans sa longue pipe. Attendre que celle-ci veuille bien s'allumer faisait aussi partie du rituel. Enfin venaient les histoires tant espérées.

Noël, c'étaient aussi les coqs qui réveillaient tout le monde le matin. Debout ! Debout ! Écoutez les bruits du jour !

Le vingt-cinq, à l'aube, c'était le trajet à Ibadan. Pour une fois, Papa acceptait de les accompagner à l'église, et Maman affichait un sourire de bonheur tranquille. La voiture tressautait sur la piste jusqu'à la grand-route, derrière la colline que Maman avait escaladée tous les jours lorsqu'elle était enceinte de Chadé. Elle l'appelait la colline de Chadé.

« Je m'entraîne pour avoir un super bébé », disait-elle.

Ils dépassaient les palmiers déployés au-dessus de la brousse comme de gigantesques antennes, puis les échoppes vides aux toits de feuillage, avant d'arriver enfin dans les rues populeuses d'Ibadan. Là, ils montaient au-dessus des milliers de toits couleur rouille, jusqu'à l'église de Grand-Mère, là-haut sur la butte.

Depuis que l'excitation du reportage télé est passée, Femi est retombé dans son mutisme morose. Le soir, quand Papa les appelle, il grommelle à peine quelques mots.

Chadé trouve la voix de leur père affaiblie. Déjà dix jours sans manger ! Mais il continue à leur dire de ne pas s'inquiéter. Des lettres de soutien arrivent chaque jour, certaines mentionnant les courriers de protestation que les gens ont envoyés au ministère de l'Intérieur. Une université américaine a même invité leur père à venir donner des cours.

– Écoute ça, Chadé, dit Papa, et elle perçoit le bruit du papier dans l'écouteur. « Nous voulons que nos étudiants vous entendent. Nous avons besoin de gens comme vous pour parler de ce que tout le monde ignore. Chez nous, nous n'avons peut-être pas d'escadrons de la mort, mais il existe bien d'autres façons de faire taire un journaliste. »

Il attend sa réaction. Que peut-elle lui répondre ? Elle aussi, elle a besoin de lui. Et Femi. Malgré tous ces gens, de l'autre côté de l'océan, qui le réclament.

– Chadé ? Tu es là ?

– Oui.

Ses pensées tourbillonnent comme des abeilles que la fumée a délogées de leur ruche.

– Qu'en penserait Maman ?

Elle avale sa salive et retient son souffle, effrayée par sa propre question. Les mots sont sortis tout seuls, clairs et nets. Papa reprend doucement :

– Sans doute qu'elle... Non. Elle ne voudrait pas que j'oublie la colline de Chadé.

Le vingt-trois, contrairement à ses habitudes, Papa ne téléphone pas à vingt heures. Chadé consulte la pendule de l'entrée toutes les cinq minutes. Il se passe quelque chose. À vingt heures trente, Oncle Roy appelle la prison.

– Où est-il ?... Pourquoi ? Je vois...

Sa voix s'éteint et il raccroche, songeur.

– Votre père a été transféré. On n'a pas voulu me dire où. Il faut rappeler demain matin.

Les King se regardent, échangeant un de leurs messages silencieux – comme Maman et Papa quand ils étaient inquiets. Chadé craint le pire, et les mots lui échappent :

– Ils l'ont emmené à l'aéroport !

– Allons ! Allons !

Oncle Roy agite les mains comme pour calmer une foule.

– Votre père est certainement à l'hôpital, ajoute-t-il lentement. Le type à qui j'ai parlé m'a dit que le médecin avait ordonné des examens.

– Des examens ? Quels examens ?

– Je suis sûre qu'il va bien, intervient Tante Gracie en passant son bras autour des épaules de Chadé. Et si on prenait une tasse de thé ?

Femi les suit à la cuisine, les yeux enfoncés dans son masque de petit guerrier. Ils essaient tout : le répondeur de M. Nathan ne donne pas son numéro personnel, et le cabinet est fermé pour Noël ; Oncle Dele ne répond pas ; la ligne de Maman Appiah est sans arrêt occupée. Il n'y a rien à faire, sinon attendre.

Un avenir incertain

Chadé est réveillée par les grommellements d'Oncle Roy sur le palier. On frappe à la porte d'entrée.

– Mais qui peut bien... À sept heures ! Un dimanche matin !

Rejetant sa couverture, elle bondit de son lit, propulsée par un sixième sens. Tante Gracie la rejoint en haut des marches en nouant sa robe de chambre. Femi arrive à temps pour voir Oncle Roy ouvrir la porte. Une bourrasque de vent s'engouffre dans le hall. Le rugissement de joie de M. King remonte les escaliers en même temps que la bouffée d'air glacial. Chadé et Femi dégringolent les marches.

Papa, amaigri et soutenu par Oncle Dele, est là sur le seuil, un sourire aux lèvres.

– Attention !

Oncle Roy tend le bras pour empêcher les enfants de renverser leur père, mais ils se faufilent par-dessous.

– Appuie-toi sur moi, Papa, lance Femi.

Aidés d'Oncle Dele, ils l'escortent jusqu'au salon.

Les embrassades terminées, Papa raconte ce qui s'est passé. Le médecin s'est inquiété d'une douleur dans sa poitrine et a ordonné une série d'examens à l'hôpital. Juste avant Noël, ça s'annonçait difficile, mais le docteur promettait de faire son possible. Les gardiens, eux, craignaient que les autres détenus ne se révoltent si quelque chose arrivait à Papa. Ils l'ont donc transféré dans une autre aile de la prison, en isolement. Aussitôt, leur père a appelé Oncle Dele, qui a prévenu M. Nathan.

– Mais son cabinet est fermé ! l'interrompt Chadé.

– Il m'avait donné son numéro personnel, en cas d'urgence.

L'avocat a réagi immédiatement. Il a réussi à joindre un député, qui a parlé au ministre de l'Intérieur en personne. En quelques heures, Papa a été transporté dans un hôpital d'Oxford, puis le ministre a ordonné sa remise en liberté. Papa a l'autorisation de vivre six mois en Angleterre, le temps qu'on décide du sort de la famille.

Quand l'hôpital a déclaré que les examens ne pourraient être faits qu'après Noël, leur père a signé une décharge.

– J'ai dit que mes enfants seraient mon meilleur médicament ! lance-t-il en leur caressant la tête. Votre mère, qui m'accusait d'être un malade difficile, m'aurait certainement pardonné, cette fois.

Il se tait. Jamais Chadé ne l'a vu aussi épuisé. Il boit quelques gorgées de thé. Maman lui conseillait toujours de manger plus lentement, au lieu d'engloutir sa nourriture pour retourner plus vite au travail. Aujourd'hui, même boire semble lui demander un effort.

Oncle Dele prend la relève, racontant qu'il a ramené Papa à Londres vers minuit. Il était trop tard pour déranger les King.

– Je suis désolé de débarquer à cette heure, s'excuse Papa. Mais j'étais tellement impatient !

Tante Gracie secoue joyeusement la tête :

– L'avenir appartient à ceux qui se lèvent tôt. C'est nous qui sommes devenus paresseux, avec tous ces nuages anglais. Ils cachent le soleil, et on oublie qu'il est l'heure de se lever !

Un instant, le rire paraît ramener à la vie l'ancien Papa. Oncle Dele redevient subitement sérieux.

– J'espère que vous vous rendez compte, déclare-t-il aux enfants en les regardant gravement, que vous avez sauvé votre père ? Si vous n'aviez pas contacté les journalistes, les choses auraient pu très mal tourner.

Chadé se sent rougir, et les lèvres tremblantes de Femi esquissent un sourire timide.

– Comme pour mon ami, le professeur somalien, ajoute Papa d'une voix triste. Ils l'ont expulsé la semaine dernière. Il est sûrement en prison, à cette heure. Un homme si courageux.

Il s'interrompt et ferme les yeux.

– Que Dieu lui vienne en aide, murmure Tante Gracie avant de se joindre au concert de louanges entamé par Oncle Dele. Roy et moi voulions vous dire, monsieur Solaja, que vous avez des enfants formidables. Ils en ont vu, vous savez ! Et ils ont tenu le coup !

– C'est vrai ! Ça n'a pas dû être facile.

Un silence songeur accueille les paroles d'Oncle Roy.

– J’ai des choses pour vous, les enfants, reprend Papa. Je les ai apportées de... de la maison.

Il fait signe à Oncle Dele de lui passer un sac et se met à farfouiller dans une poche, puis une autre.

– Les voici !

Dans un grand geste, il brandit des gants de gardien de but, deux paires, rouge et noir, l’une plus grande que l’autre. Comme un chat qui vient d’apercevoir un papillon, Femi ne les quitte pas des yeux. Papa les lui tend. Ravi, le garçonnet les examine sous toutes les coutures.

– Maman les avait achetés pour toi et moi, juste avant de mourir.

En une fraction de seconde, le visage de Femi se disloque. Il réussit à retenir ses larmes et se lève pour s’enfuir, mais Papa l’arrête et l’assoit sur ses genoux. Femi enfouit la tête dans sa poitrine. Chadé sent ses yeux lui piquer ; mais elle sait que, cette fois, elle ne pleurera pas. Elle a déjà versé trop de larmes. Aujourd’hui, c’est au tour de Femi. Elle s’agenouille au pied du fauteuil et attend que les sanglots de son frère se calment. Les King et Oncle Dele se glissent hors de la pièce.

C’est la première fois qu’ils se retrouvent seuls avec leur père depuis qu’Oncle Tunde les a laissés ensemble dans le bureau, le jour où Maman est morte, pareils à trois naufragés sur leur radeau minuscule. Depuis, ils ont été dispersés aux quatre vents et ballottés dans de dangereux remous. Ils sont enfin réunis, ils ont atteint la même rive. Dans quelques mois, ils seront peut-être de nouveau jetés sur les routes, mais pour l'instant être ensemble suffit à leur bonheur.

– Regarde dans mon sac, Chadé.

Consolant toujours Femi, Papa lui fait signe de prendre une agbada blanche. Le tissu enveloppe quelque chose de lourd, de solide. Soudain, elle se sent émue, comme si les petits oiseaux de l'arbre de Noël avaient pris vie, leurs ailes minuscules battant entre ses doigts. Elle déroule le vêtement. Luisant contre le coton blanc empesé se trouve son Iyawo d'ébène, presque vivante avec ses cheveux délicatement ciselés et ses yeux graves et sereins. Puis elle déplie vivement le pantalon de l'agbada. Son Oko est là aussi, avec ses pommettes saillantes et son regard toujours triste. Chadé dépose un léger baiser sur l'oreille de Papa.

Chadé installe Oko et Iyawo sur le manteau de la cheminée, entre les cartes de vœux. Un oiseau rouge feu ébouriffé perché sur l'épaule d'un bonhomme de neige examine les nouveaux venus de ses petits yeux noirs brillants. Papa a lu dans ses pensées :

– Gardons espoir. Les crapules qui dirigent notre pays finiront par s'en aller. Un jour, nous rentrerons chez nous.

Il a parlé de cette voix forte que Chadé a toujours trouvée si réconfortante. Elle se blottit contre lui et son frère. « Chez nous ». Prononcer ces mots est toujours aussi difficile. Il faudra apprendre. Maintenant que Papa est avec eux, l'Angleterre pourrait devenir leur nouveau chez eux, au moins quelque temps. S'il part donner des cours en Amérique, ils se construiront un chez eux là-bas. S'il se réfugie en Afrique du Sud... Si, si, si... Où qu'ils aillent, ils seront comme des tortues, avec leur maison sur le dos.

Chadé se tourne vers Oko et Iyawo. Le brun chaud de leurs visages d'ébène lui rappelle son bureau et la forêt derrière la Maison de famille. Elle pense à Grand-Mère, qui a perdu une fille et dont les petits-enfants sont à des milliers de kilomètres. Cette année, une partie de la famille sera absente à Noël. Chadé sait soudain ce qu'elle doit faire. Papa et Femi somnolent. Elle se détache d'eux. Berçant Iyawo et Oko dans ses bras, elle monte prudemment l'escalier.

Une lettre

24 décembre

Chère Grand-Mère,

Je suis désolée de ne pas t'avoir écrit plus tôt. Femi et moi n'avons pas pu te dire au revoir, ni à toi ni à personne. Ça a été affreux. Pourquoi y a-t-il des gens si mauvais sur terre ? Je n'oublierai jamais ce qu'ils ont fait à Maman.

Aujourd'hui, Femi et moi sommes contents que Papa soit de nouveau avec nous, et ausi Oncle Dele. Il m'a apporté mon Iyawo et mon Oko, qui sont sur le bureau devant moi et me regardent écrire. Nous habitons chez Tante Gracie et Oncle Roy, à Londres.

Tu les aimerais. Ils se sont occupés de nous. Leurs enfants à eux sont grands, mais ils arrivent ce soir, comme nous, on venait te voir, Grand-Mère. Si je pense à Maman, à toi et à la Maison de famille, je vais encore pleurer. Je ne savais pas que j'avais autant de larmes en moi. Il y aurait de quoi remplir ta plus grande bassine, et ça déborderait même par terre.

Tante Gracie dit que Papa peut rester ici jusqu'à ce qu'Oncle Dele nous trouve un appartement. Elle veut l'engraisser pour qu'il ait moins froid. Elle est en bas dans la cuisine, en train de préparer le bouillon de poule que sa mère faisait en Jamaïque, et qui sent si bon.

Tu me manques très très fort.

Ta petite-fille qui t'aime,

Chadé

Dans la même collection

Jésus, comme un roman...
de Marie-Aude Murail

Les chats
de Marie-Hélène Delval

Le destin de Linus Hoppe
d'Anne-Laure Bondoux

La seconde vie de Linus Hoppe
d'Anne-Laure Bondoux

Par-dessus le toit
d'Audrey Couloumbis

Rages
de Chris Crutcher

Francie
de Karen English

Mon amie Anne Frank
d'Alison Leslie Gold

Les messagères d'Allah
d'Achmy Halley

Les ombres de Ghadamès
de Joëlle Stolz

L'inconnu du Pacifique
de Martin de Halleux

L'île des rêves interdits
de Monica Hughes

Adam, comme un conte
de Martine Laffon

Myriam choisie entre toutes
de Thierry Leroy

Moïse, le prince en fuite
de Julius Lester

Si je reviens
de Corinne Demas

La marque de l'Élue
d'Aiden Beaverson

Silverwing
de Kenneth Oppel

Sunwing
de Kenneth Oppel

Les orangers de Versailles
d'Annie Pietri

L'espionne du Roi-Soleil
d'Annie Pietri

La fée et le géomètre
de Jean-Pierre Andrevon

35 kilos d'espoir
d'Anna Gavalda

Le prince des apparences
de Catherine Zarcate

La moitié d'un vélo
de Derek Smith